2
ぷにちゃん
Illustration 緑川 明
悪役令嬢として
婚約破棄
されたところ、
執着心強めな
第二王子が
溺愛
してきました。

CHARACTERS
断罪される悪役令嬢
アイリス・ファーリエ
元アラサーOLで、侯爵家の令嬢。
自分が悪役令嬢に転生し、
王太子から婚約破棄を告げられることも
知っていた——が、第二王子の登場&
求婚は予想外で戸惑う。
王立の魔獣研究機関に所属し、
バリバリ仕事をこなしている。
身を隠していた第二王子
ラース（ラディアス）
研究所に勤めるアイリスの同僚だが、
その正体は亡くなったとされていた
第二王子・ラディアス。
断罪間際のアイリスを助け、求婚する。

聖なる力を持つ乙女
シュゼット
子爵令嬢。神託の乙女で、
アイリスの元婚約者・
クリストファーの浮気相手。
現在は軟禁されているが…。
アイリスの憧れの作家
ルーベン
売切れ必至の大人気シリーズを
手掛ける作家。
普段はいろんな国を旅をしながら
魔獣研究をしている。
アイリスに懐く魔獣
ルイ
王宮魔獣研究所で飼育
されている魔獣舎のボス。
巨体で偉そうだけれど、
アイリスには犬のように懐く。

「ラ、ラース⁉」
「そんなこと言うのは、反則です」
すりっと首筋をなぞられて、
ぞくりとしたものが
アイリスの全身に走る。
「アイリスの初めてを全部、
俺のものにしたくてたまらなくなります」

# 悪役令嬢として婚約破棄されたところ、執着心強めな第三王子が溺愛してきました。

# 2

ぷにちゃん

Illustration 緑川 明

# 目次

# プロローグ

闇属性を持ち、ほとんどの人が死んだと思っていたオリオン王国の第二王子——ラディアス・オリオン。十七歳。

しかし本当は生きていた。

彼は自分の出自を隠し、『王宮魔獣研究所』に勤めていたのだ。それはひとえに、幼い頃に出会った天使——アイリス・ファーリエに近づきたいからだった。

ラディアスには幼少期より魔法の才能があった。様々な属性を使いこなすその様は天才と言ってよかったのだが——闇属性も持っていた。

そのことで母親から忌み嫌われ、誰からも手を差し伸べられなくなってしまう。同年代の子供たちからは意地悪をされ、母親からは一切の愛情が与えられることなく孤独に……。

そんなラディアスに唯一手を伸ばしたのが、アイリスだ。


——彼女に一目会いたい。

初めはそんな淡い、乙女のような恋心だった。

だが、アイリスの側にいるほどに――ラディアスの中で欲が膨らんでいく。

もっと一緒に、ずっと一緒に、一番近くにいたいのだ――と。

＊＊＊

ラディアスが身分を隠して勤めていた職場――王宮魔獣研究所に顔を出すと、全員が仕事の手を止めて自分のところへ駆け寄ってきた。

そしてこちらが声をかけるより早く、一斉に口を開く。

「ラース！」

「違う、ラディアス王太子殿下よ‼」

「そうだった‼」

「「失礼しました、ラディアス王太子殿下！」」

全員が頭を下げたのを見て、ラディアスは苦笑する。

「そんなにかしこまらないで、いつも通り『ラース』と呼んでください」

ラディアスは身分を偽っていたため、今まではラースという名前を使っていた。そのため、職場のみんなもラースという名前に馴染《なじ》みがある。

しかし突然そう言われても、同僚とはいえ相手は王太子になった第二王子だ。今まで通り、気安く名前を呼ぶことは憚《はばか》られる。全員が「うーん……」と悩んでいると、タイミングよくドアが開いた。

(――あ！)

入ってきた人物に、ラディアス――ラースの瞳は釘づけになる。なぜなら、彼女こそがラディアスの愛しくてたまらない女性――アイリスだからだ。

「おはようございます。魔獣舎に寄っていたら少し遅くなってしまって――って、みんな集まってどうしたの？」

アイリスが首を傾げると、「いやいやいや」と大きな声で首を振った女性がひとり。ラースとアイリスの後輩、リッキーだ。

「ふたりのことですけど⁉」

「あ、ラースが出勤していて騒がしかったのね」

普段通りの様子のアイリスを見てどこかほっとする。自分に対する態度を変えないでいてくれるのが、ものすごく嬉しいのだ。

(なにせ、俺はアイリスに求婚中ですからね……)

思わず遠い目になりそうになったけれど、頭を振って気を取り直す。

ラースは、アイリスが元々の婚約者である第一王子のクリストファー・オリオンに婚約破棄を突きつけられた際に、助けに入り、求婚したのだ。

祝賀会で、それも国王が見ている前での求婚だった。

アイリスに断るという選択肢は、本来ならばなかっただろう。けれどラースは、アイリスが自分との結婚を望まないだろうと考え、すぐには答えを求めずに今の関係を継続することを選んだ。

が、同時にわずかな望みもあった。

それは、アイリスがラースのことを拒まないということ。自分がしてしまった様々な行為に対して、アイリスは一度も『嫌』とは言わなかったからだ。

——都合のいい考えかもしれないけれど。


「アイリスも今まで通り接してくれていますし、みんなもそうしてくれると嬉しいです」

そう言ってラースが笑うと、同僚たちは顔を見合わせつつも頷いてくれた。中には、「そう言ってもらえると嬉しい」という声も聞こえる。

すると、ふいにパンと手を叩く音が室内に響いた。手を叩いた人物は、この研究所の所長のグレゴリーだ。

「今まで通りラースと呼んで、ここでは今まで通り研究員として扱おう。じゃが、以前と同じように毎日出勤するのは難しいだろう？」

「ええ。王太子としての執務も増えてしまったので、週に一、二回出勤できればよいかなと」

ラースの言葉を聞いたグレゴリーやほかの研究員たちは、「思っていたより多いんだな」と驚いている。

（かなり厳しいけど、それ以上アイリスに会えなくなるのは嫌だ……）

自分の休息時間を削ったとしても、研究所に来ればアイリスがいるのだ。血反吐を吐いてでも出勤すべきだろう。

そんなラースの思惑をみんなは知らないまま、王宮魔獣研究所は今までと変わらない日々に戻っていった。

# 本屋での出会い

「先輩、アイリス先輩〜〜！　今日は待ちに待った新刊の発売日ですね‼」

アイリスが王宮魔獣研究所に出社すると、真っ先に後輩のリッキーがやってきた。しかも話題は仕事のことではなく、今日発売の本のことだ。

「ええ、私も楽しみにしていたの」

はしゃぐリッキーにくすりと笑い、アイリスは頷く。


王宮魔獣研究所に勤めている侯爵家の令嬢、アイリス・ファーリエ。二十歳。

長く美しいプラチナブロンドの髪に、菖蒲色の凛とした瞳。可愛いというよりは美人と言われる部類で、背も百六十七センチメートルと少し高めだ。

しかし背が高いこともあって、白衣をベースにした制服がよく似合う。紺を差し色にした細身のベルトが組み込まれたデザインで、グレーのシャツの胸元には水色に白いストライプが入ったリボンタイをつけている。

そんな彼女はかなりのワーカホリック女子なのだが、実は大きな秘密がある。

それは、転生者だということ。

この世界——乙女ゲーム『リリーディアの乙女』をプレイしていた前世の記憶を持つ、元日本人だ。

今はエンディングを迎え、第二王子で王太子になったラディアスからなぜか熱烈なアプローチを受けるという毎日を送っている。

そんなアイリスが働く王宮魔獣研究所は、王城の片隅にある。

この世界に巣くう魔獣の生態や、魔獣の出す瘴気《しょうき》を研究するために広く造られている重要な研究施設だ。

しかし、「魔獣を扱うなんて危険だ！」と研究所のことを快く思っていない人も一定数存在する。そういった人物は、特に魔獣と直接かかわることのない貴族に多い。

研究所から徒歩十五分程度の場所に、魔獣舎があることも原因のひとつだろう。

しかし勤めている研究員たちは、魔獣から国を救いたいという気持ちで働いているし、実際に魔獣による被害で家族を失った人もいる。

アイリスは研究所の有用性が早く広く知られるようにと、日々努力を重ねているのだ。

「本は楽しみだけど、今は仕事をするのが先よ。今日は定時に終わらせて、一緒に本屋に行くのはどうかしら？」

「それは名案です‼」

リッキーはアイリスの提案に目を輝かせて、「そうと決まれば早く仕事にとりかからねば！」と一瞬で席に戻っていってしまった。やる気に満ち溢れているみたいだ。

自分の席についてバリバリ仕事をこなし始めた、後輩のリッキー。十六歳。

肩上で切りそろえられた赤茶の髪に、黄緑色のパッチリした瞳。制服のリボンタイは、花の型をした留め具で留めている。

元気いっぱいの女の子で、恋バナが大好物。実はアイリスとラディアスの恋の行方がどうなるかが、今一番気になっているポイントだ。

すでに今日の仕事にとりかかっているリッキーは、いつもより作業スピードが速いように見える。よほど楽しみなのだろう。

（私も定時に上がれるように頑張らないと）

自分がリッキーに提案したのに仕事が終わりませんでした、では笑えない。アイリスも自分の席に座って、すぐ仕事にとりかかった。

カリカリとペンを走らせ、書類の処理を終わらせる。横を見ると、何枚もの処理済みの書類が積み上がっていた。

(……休憩するのも忘れて、夢中になっちゃったわね)

チラリと窓の外を見ると、もう夕方だ。昼食を取った後は、ほとんど休むことなく書類と格闘していた。おかげですべて終えることができたけれど。

アイリスはぐぐーっと伸びをしてから、リッキーの方を見る。

(リッキーは大丈夫かしら?)

もし進みが悪いようなら手伝おうと思っていたアイリスだが、リッキーはすでに仕事を終えたらしく満面の笑みを返してくれた。

「終わりましたよ、先輩！　本屋に行きましょう～！」

リッキーがぶんぶん手を振るのを見て、アイリスは「そうね」と頷く。そして帰り支度のために席を立つと、「アイリス」と名前を呼ばれた。

「え？　あ、所長」

アイリスを呼んだのはグレゴリーだった。その瞳はどこかワクワクしていて、アイリスは彼が何を言いたいのかわかってしまった。

「ええと……所長も一緒に行きますか？」

「いやぁ、催促したみたいになってしまってすまんの。じゃが、儂《わし》も新刊は絶対にゲットしたいんじゃ」

ドヤ顔で新刊ゲット宣言をしたのは、所長のグレゴリー。七十三歳。

魔獣の生態研究が大好きな人で、その知識は国内随一。魔獣の生き字引とも呼ばれているが、その見た目は優しいおじいちゃんだ。

アイリスと同じく本が大好きで、よく本の感想会を開いたりしている。

帰り支度をしたリッキーが「所長も一緒ですか？」とこちらにやってきた。

「ええ。いいかしら？」

「すまんのう、いきなりで」

「構いませんよ！　また感想会しましょうね」

好きなものはみんなで共有したら、さらに楽しい。

ニコニコ笑顔のリッキーに頷き、アイリスたちは研究所を後にして本屋へと繰り出した。

＊＊＊

研究所を出て本屋へ行く道すがら、グレゴリーは「そういえば」と口を開いた。

「明日、研究所に来客があるんじゃ。しばらく滞在するから、その予定でいてくれ」

「研究所にですか？　しばらく滞在するのは珍しいですね」

アイリスは頷きつつ、了承する。

今までも王宮魔獣研究所に人が来たことはあるが、簡単に見学をして帰るのがほとんどだった。

その理由は、見学者のレベルが低かったというのが大きいだろうか。

アイリスが勤めているのは仮にも王宮魔獣研究所なのだ。この国の最先端の研究結果が詰まっている。実はそう簡単に研究員になれる機関ではない。

そのため、かなりの知識量か、もしくは熱意がなければついていけなくて帰ってしまうのだ。本のことで盛り上がったりもする楽しい職場ではあるが、議論が始まれば何時間でも……という人間も多い。

（みんなワーカホリック気味なのよねぇ）

なんてアイリスは苦笑するが、アイリスも重度のワーカホリックだ。

「せっかくなら、イケメンが来てくれると目の保養になって嬉しいですねぇ」

「リッキーったら」

職場に潤いを！なんて言うリッキーにアイリスは笑う。

「外見は別に気にしないけれど、研究熱心な人が来てくれたら嬉しいわね」

そしてアイリスにない知識などを持っていたら、新しく勉強することもできる。

「アイリス先輩は真面目すぎます！　あ、でも……ラースがいますもんね！」

にやにや笑うリッキーに、アイリスは苦虫を噛み潰したような顔をする。リッキーはラースの本性を知らないいから、こんな風に簡単にからかってくるのだ。

「ほら、本屋が見えたわよ」

恋愛話はいたしませんと言うアイリスに、リッキーは「残念」と苦笑した。


赤い屋根の大きな建物で、入り口には本の絵が描かれた看板が掲げられている。この街で一番大きな本屋だ。

アイリスたちがさっそく中に入ると、すぐのところにお目当ての新刊が山積みになっていた。それを見て、目がランランと輝く。

欲してやまなかった新刊はルーベン著、〈今日も旅人〉シリーズの最新刊『魔物の起源』という本だ。

「わああぁ、いっぱいありますよ！」

「前回の新刊は売り切れで発売日にゲットし損ねたから、嬉しいのう」

リッキーとグレゴリーはいそいそと新刊を手に取り、はしゃいでいる。もちろんアイリスもすぐ一冊手に取り――しばし考えてからもう一冊手に取った。

「あれ？　アイリス先輩、二冊買うんですか？」

「え、ええ」

二冊手に取りはしたけれど、アイリスはリッキーに問われてやっぱりやめた方がいいのでは……と悩む。

というのも、別に自分が買わなくてもまったく問題がないからだ。むしろ思わせぶりな態度はよろしくないのでは⁉と、贈ろうと思っていた相手のことを考えて思う。

そんな風にアイリスが葛藤していると、どうやらリッキーがピンときたようだ。

「もしかしてもしかしなくても、それ、ラースにプレゼントしようとしてます？」

「──っ！」

どうやらバレバレのようだ。リッキーはにやにやする顔を隠すことなく、嬉しそうに聞いてくる。

「ラースもこの著者の本が好きみたいだったから、何となくよ。ほら、仕事が忙しくて買いに行けないだろうし……」

「さっきは素っ気なさそうだったのに……愛ですねぇ」

「違うわよ！」

にやにやしっぱなしのリッキーに、アイリスは否定する。

確かにラースに求婚はされているが、それに了承の返事をしたわけではないのだ。

(ラースのことは、同僚としては尊敬するし、優秀だということは認めるけど……)

まごうことなき――変態なのだ。

ただ、注釈で『アイリス限定』とつくけれど。

しかし普段は本当に優秀な人間であるため、リッキーやグレゴリーを始め、アイリス以外のほかの人はラースが実は変態であるということを知らないのだ。

(きっと、言っても信じてもらえないと思う)

それほどまでに、ラースの外面はいい。

「ほらほら、本をプレゼントする口実で会いに行けば――ん?」

リッキーが買うように急かしてくると同時に、「まさかルーベン先生ご本人にご来店いただけるとは!」という声が聞こえてきた。

見ると、書店員と、もうひとり二十代後半くらいの男性がいた。

(え、ルーベン先生……?)

アイリス、リッキー、グレゴリーの三人は顔を見合わせて目をぱちくりさせる。それも仕方ない。ルーベンとは、お目当ての本の作者の名前だからだ。

「え?　え?　え?　え?　嘘、今あの人、ルーベン先生って言いました……よね!?」

「儂の耳は確かに聞いたぞい……‼」

リッキーとグレゴリーはぐわっとテンションが上がったようで、ルーベンと呼ばれた人物に釘づけだ。

「はわ～、サインとかもらえたりしないかな……？」

購入するため手にした本を見ながら、リッキーが願望を口にした。それには、アイリスもグレゴリーも無条件に頷いてしまう。

すると、アイリスたちの視線に気づいたらしい書店員とルーベンがこちらを見ていた。

「あ……。すみません、その、ルーベン先生だと聞こえてしまって」

作者だと書店で盛り上がったら、きっと迷惑だろう。そう思ってアイリスが謝罪の言葉を口にするも、ルーベンは「構いませんよ！」と笑顔で対応してくれた。

「俺の小説のファンだなんて、嬉しいなぁ！」

気さくに笑顔を見せてくれた、作家のルーベン。

薄茶の髪に、好奇心旺盛な緑の瞳。比較的ラフなジャケットを着ているが、体は引き締まってがっしりしている。恐らく旅をしながら作家活動をしているからだろう。

ルーベンのファンサービスには、リッキーもメロメロだ。

「本当ですか⁉　わあぁ、嬉しいです！　家宝にします‼」

「同じく家宝にします！」

リッキーだけではなくグレゴリーもメロメロになっていて、いそいそと本を差し出している。

「って、ふたりともまだ購入していないですよ！」

「そうでした‼」

「そうじゃった‼」

アイリスが慌てて待ったをかけると、ふたりはすぐに会計を済ませる。店員も一緒にいたので、スムーズに対応してもらえた。

リッキーとグレゴリーのサインが終わると、ルーベンはアイリスのところにやってきた。

「あれ？　君は二冊買ってくれてるのかい？」

「あ……これは……」

うっかり勢いに任せてラースの分も買ってしまった。めちゃくちゃ喜ぶ姿が簡単に想像できてしまう。

「し、知り合いもファンなので、あげようかと思って……」

「何でそんな渋い顔を……」

ラースの分も買ってしまった自分に何ともいえない気持ちになりつつ告げたアイリスの顔は、面白いものだったようだ。

ルーベンは笑いつつも、サインをして「名前は？」と聞いてくれた。

「私はアイリスで、もう一冊は――ラースでお願いします」

「オーケー！」

本当は自分の分だけ……と思ったのだが、ルーベンはさっと二冊ともサインをしてしまった。

何というか、ファンサービスがいい。

「どうぞ。いつも読んでくれてありがとう」

「こちらこそ、ありがとうございます。いつも楽しみにしているんです」

「アイリスへ」と書かれているルーベンのサインを見て、アイリスは頬が緩む。

まさか、憧れの作家に偶然出会って、さらにサインまでしてもらえるとは思わなかったからだ。

（……夢みたい）

リッキーやグレゴリーではないけれど、確かに家宝にしてもいいかもしれないとアイリスは思った。

本屋からの帰り道は、ルーベンの話題で持ち切りだった。

「まさか作者に会えるとは思いませんでした！　これはもう、明日は自慢しまくるしかないですね！」

いる。

「ルーベン先生のファンは多いものね」

アイリスが頷くと、リッキーはあまりの嬉しさに本とダンスでもするようにクルクル回って
「これこれリッキー、そんなにはしゃぐでない」

「はぁい」

そう注意したグレゴリーだったが、「サイン本に合うワインか何か買って帰らないといけないのう」と内心ではかなり浮かれているようだ。

（明日は大変なことになりそうね）

アイリスがそんなことを考えていると、前を歩いているリッキーが「あ！」と声をあげた。

「先輩は、このままラースのところですよね？　頑張ってくださいね!!」

「頑張ることなんて何もないわよ」

「えぇぇぇ!?」

リッキーの言葉にすぐさま返すと、信じられないと言わんばかりのブーイングを受けてしまった。恋バナ好きなリッキーとしては、新たな展開を期待しているのだろう。

「というか、次に職場で会ったときに渡したらいいんじゃないかしら?」

別に本は賞味期限があるわけではないので、数日後に渡したってまったく問題はない。が、それにはリッキーだけではなく、グレゴリーまでもが首を振った。

「そんなの悲しいですよ！　ラースは間違いなく、先輩が来るのを待ってますもん‼」

「それは駄目じゃ！　ラースが待っているのはもちろんじゃが、新刊だってすぐ読みたいはずじゃ‼」

（所長は間違いなく新刊を読ませたい派ね……）

ラースに本を渡しに行かなければ、出勤したら本を渡したか聞かれ続けそうだ。アイリスは苦笑しつつ、「わかったわ」と返事をするしかなかった。

# 閑話　ちょっとの時間

本を買い、王城に戻ってきたアイリスは、さてどうしようか……と悩む。

グレゴリーとリッキーはさっさと寮に戻ってしまった。間違いなく、一刻も早く購入した本を読みたくて仕方がないのだろう。

(私だって読みたいんだけど……)

そう思いつつ、アイリスは自分の持つ紙袋に目を向ける。そこに入っている本は二冊。一冊は自分の分で、もう一冊はラースの分だ。

「もう夜だし、今から渡しに行っても迷惑かもしれないし……」

そんな言い訳じみた言葉は山のように出てくる。

アイリスはうぅ～んとどうすべきか首を傾げに傾げて悩み、「よし!」と気合を入れる。

「悩んでもやもやしてたら本を楽しめないし、さっと渡すだけ渡して帰ってお風呂に入って本を読もう!」

そうしよう、絶対にそれがいい。

ということで、アイリスは男子寮へ向かった。

「ラース――ラディアス殿下は、男子寮から王宮内に移られましたよ」

「あ……」

アイリスが男子寮の入り口で寮母に確認を取ると、至極当然の返事をされてしまった。

今までラースは平民というていで王宮魔獣研究所に勤めていたけれど、今は王族であり、王太子になったことが周知されている。

（寮生活する理由なんてないわよね……）

自分の考えの至らなさに、アイリスは頭を抱えたくなる。

「アイリス様が会いにいらしたら、きっとラディアス殿下も喜ばれますよ」

「え、ええ……」

アイリスは寮母の言葉に苦笑しつつ頷いて、寮を後にした。


王城内の廊下を歩きながら、アイリスはさてどうしたものか……と考える。

寮のラースの部屋に本を届けに行くだけなら、すぐに済んだだろう。しかし王族であるラディアスの部屋に行くとなると、まったく違う。

まず護衛騎士がいるし、側には世話をする側近だっているだろう。何なら、会うためには先ぶれや面会依頼をした方がいいかもしれない。

（いつもラースが会いに来るから、そういったことを失念していたわ……）

アイリスは元々第一王子クリストファーの婚約者だったのだが、悪役令嬢ということもあり、今までほとんど王族には関わってこなかった。

（そもそも、クリストファー殿下はヒロインのシュゼットに夢中だったし……）

今はもう乙女ゲームもエンディングを迎えたが、最後の悪役令嬢断罪イベントでは予想外のことが起こりすぎてハラハラドキドキしたものだ。

（やっぱり、ラースには職場で会ったときに本を渡そう）

それが一番いい。

アイリスがそんなことを考えながら歩いていると、前方に人影が見えた。

「――アイリス！」

「え、ラース？」

ぱっと笑顔になり、声をかけてきた人物こそ、アイリスが会おうかどうしようか悩んでやめようと思っていた人物だった。

（なんてタイミング‼）

まるで犬の尻尾が見えるかのような喜びように、思わず苦笑いしてしまったのも仕方ないだろう。

この国の王太子になったラースこと、ラディアス・オリオン。

長い黒髪をひとつに結び、前髪は整えてわずかに後ろに流している。金色の瞳はまるですべてを見据えるかのような、語り継がれてきたお伽噺《とぎばなし》の伝説と同じ色。

赤い差し色が効いた黒いジャケットを軽く羽織っている姿はどこか上品で、アイリスがいつも見ていた研究員のラースとはかけ離れている。


ラースは周囲をわずかに見やると、それからアイリスを見て破顔した。

「実は、アイリスがいたらと思って研究所に行ったんです。そうしたら、所長とリッキーと三人で本屋に行ったと聞いて……。所長もリッキーもずるいですよ」

一緒に行きたかったですというように、ラースがわずかに頬を膨らました。それを見て、アイリスはくすりと笑う。

「王太子が気軽に街の本屋に行ったら困るわよ。というか、もしかしてラースひとり？　護衛騎士はどうしたの？」

いくら王城内とはいえ、危険がゼロというわけではない。アイリスが懸念を口にすると、ラースはふっと笑みを深めた。

「心配してくれるんですか？　アイリス」

「――！　べ、別にそういうわけではなくて……王太子として、そういうところはきちんとした方がいいと思っただけよ！」

少し早口になりつつもアイリスが告げると、ラースは「大丈夫ですよ」と理由を説明する。

「こう見えても、強いので」

「それは知っているけど……」

そういう問題ではないのでは？と、アイリスは首を傾げる。

（とはいえ、きっと最低限の護衛くらいはついているんでしょうけど）

暗部か何かの護衛が、見えないところにいるのだろうとアイリスは納得することにした。

アイリスが息をつくと、手にしていた紙袋のカサリという音に存在を思い出す。女子寮に帰らず、王城内に来たのはこれのせいだ。

「実は、ラースにあげようと思って買ってきたのよ」

「え？」

まさか自分に何かを買ってきてくれるとは思わなかったのだろう。ラースは目をぱちくりさせて、アイリスを見てきた。

「え？　俺に、ですか？　アイリスが？」

ラースは信じられないのか、何度も「え？」と繰り返す。

「もう、そうだって言ってるでしょ！」

「……っ、嬉しいです。ありがとうございます、アイリス」

今にでも抱きついてきそうなラースから少し距離をとりつつ、アイリスは紙袋から先ほど購入した本を取り出した。

「それって、今日発売のやつですよね？」

「ええ」

ラースはすぐにわかったようで、「読みたかったんです」と微笑《ほほえ》んだ。アイリスもラースがこの本のシリーズが好きなことは知っていたので、「そうでしょう」と力強く頷き返す。

しかも今回の本は、特別仕様なのだ。

「きっと驚くと思うわよ」

「驚く……？」

アイリスが不敵な笑みを浮かべて本を渡すと、ラースは不思議そうに首を傾げつつ本の表紙を見た。

「内容がすごくて驚くっていうことですか？　確かに、今回の本は魔獣の起源に関する調査だと聞いていたので、すごい発見が書かれていても——えっ⁉」

ラースが至極真面目なことを言いつつ本をぱらりとめくった瞬間、驚いて声をあげた。それを聞いて、アイリスは「言ったでしょう？」と笑う。

「いや、だってこれ……著者のサインが入ってるんですけど……？」

「それが、本屋に偶然来てたの！　びっくりしたわ。リッキーと所長がサインをねだって、私もしてもらっちゃったのよ。しかも、ラースの分も快くしてくれたの」

本屋で出会ったルーベンのことを話すと、ラースは「すごいですね」と言いながらまじまじとサインを見ている。

「旅をしながら魔獣の研究をしている人ですから、勝手に厳しい人だと思ってました」

ラースが告げた人物像に、アイリスも頷く。

「そうよね。旅をすると魔物との遭遇率も上がるから危険だし、どうしてもね……。でも、ルーベン先生は朗らかでいい人だったわ」

「そんな先生が書いた本なら、本を読むのがさらに楽しみになりますね」

「ええ」

かくいうアイリスも、実は早く部屋に戻って読みたいと思ってしまっていたりする。読み終わったら、リッキーたちと感想会をしなければとも思う。

ラースもアイリスが本を読みたくて仕方がないのを察したのだろう。苦笑しつつ、手を差し出してくれた。

「寮まで送らせてください」

「え？　大丈夫よ、ひとりで戻れ――」

「それとも俺の部屋で一緒に読みますか？　アイリスならいつでも大歓迎ですから」

「エスコートをお願いするわ」

「……残念です」

アイリスが即座に返事をしたので、ラースは渋々女子寮に向かって歩き出した。

女子寮へ歩き出したはずだが、やってきたのは庭園だった。

夜の庭園は月明かりに照らされていて雰囲気があり、恋人たちの秘密のデートスポットのようだとアイリスは思う。

「寮へ行くには少し遠回りになってしまいますけど、夜の庭園もいいものでしょう？」

「……そうね」

アイリスは植えられた花々を見て素直に頷いた。庭師が丁寧に世話をしているため、とても綺麗に咲いている。品種改良された夜に咲く薔薇《ばら》が、庭園を彩っているのだ。

庭園の片隅に設置されているベンチを見て、ラースが手に持つ本を軽く上げた。

「せっかくですし、ちょっと読んでいきませんか？」

「え……」

それは何とも魅力的なお誘いだと、アイリスはそわりとする。

ベンチの横には魔導灯があり、少し本を読む分には問題ないだろう。アイリスは悩みつつも、

「ちょっとだけよ」と了承した。

「はあぁぁ、やっぱりいいわね！　各地の魔獣に関する伝承をここまで調べるのは、大変だっ

たでしょうね。小さな村の事例まで載っているわ」

本の内容を軽く確認しようと思っていただけだったが、思いのほかがっつり目を通してしまった。

(でも仕方ないわ、この本が興味深すぎるんだもの‼)

最初は庭園をのんびり散歩する……はずだったかもしれないが、すぐにでも寮に帰って完読したい衝動に駆られてしまう。

するとふいに、視線を感じた。

「……ラース?」

アイリスが隣を見ると、膝に本をのせたままのラースがニコニコ笑顔でこちらを見ていた。本なんてまったく読んでいない。

「いえ。本を読んでるアイリスが可愛くて、ずっと見ていたいなと」

「——! ふざけたことを言わないでちょうだい」

「本気ですけど? アイリスのことなら、不眠不休でずっと見ていられます。アイリスを見ていること自体が栄養摂取ですから。むしろコンディションが整うといいますか——」

「お願い黙って」

自分はいったい何を聞かせられているのだと、アイリスは遠い目になる。それで人間が元気になったら苦労はしないのだ。

「とはいえ、アイリスを長時間夜風に当たらせるのもよくないですね」

ラースは「夜は少し肌寒いですから」と言って自身の上着をアイリスの肩にかけてくれた。

確かに少し肌寒くなっていたからありがたいのだが……。

「これじゃあ、ラースが風邪を引いちゃうじゃない。私は大丈夫だから――」

「鍛えているので大丈夫ですよ」

アイリスがラースに上着を返そうとするも、拒否されてしまった。

（王太子のラースの方が、風邪を引いたら大変だっていうのに……）

まったく、とアイリスは苦笑する。

「それじゃあ、部屋に戻りましょうか」

「はい」

エスコートのためにラースが手を差し伸べてくれたので、アイリスはその手を取った。


庭園に寄り道したとはいえ、さすがに王城の敷地内にあるだけあってすぐ女子寮に到着した。

「くぅ……もっとアイリスと一緒にいたかったのに……」

（……恥ずかしげもなく口に出すんだから……‼）

ラースの言葉に顔を赤くしつつ、アイリスはどうすべきか少し悩む。

庭園に少し寄り道したとはいえ――恐らく、ラースは死に物狂いで仕事を終わらせてきたはずだ。それほど王太子である彼は多忙だし、他者に任せられないものもあるだろう。

(私に会うために頑張ってくれたんだよね……?)

そう思ってしまうのは自意識過剰だけれど、それが自惚《うぬぼ》れでも何でもないところも困ってしまう。

(お茶に誘う? でも……ラースを部屋に入れていいのか……)

以前、ラースの部屋に入ったら大変なことになった。それを思い出すと、どうしても気軽に寄っていくように誘うことは憚られる。

アイリスがどうしたものか悩んでいると、先にラースが切り出した。

「それじゃあ、俺は戻りますね」

「え?」

思わず声をあげてしまうと、ラースが苦笑する。

「さすがに、この時間に女性の部屋に寄りたいとは言えませんから。……まあ、欲を言えばお招きされたいですけど」

長くタメをつくってから告げられたラースの本心に、アイリスは笑う。下心があると正直に言われてしまっては、怒りにくいではないか。

ラースは「それに――」と、アイリスの耳元に唇を寄せてきた。

「マテができそうにないですから」

「――っ！」

アイリスが思わず息を呑むと、ラースがしてやったりの顔で笑う。「少しは意識してもらえましたか？」なんて言っているが、めちゃくちゃ意識してしまった。

（ただでさえラースは顔がいいのに、わざとそんなことをされたらたまったもんじゃないわ）

アイリスは赤くなってしまった顔を誤魔化すように、ラースの背中を押す。女子寮の前から歩き出すラースはどこか寂しそうだけれど、特に抵抗するようなことはない。

「ほら、明日も仕事なんだから！　ラースも早く部屋に戻りなさい」

「そうですね。これ以上一緒にいたら、部屋にお邪魔したくなっちゃいますから」

「……もう！」

そんな風に言うラースを見送ったアイリスは、しばらくドキドキが落ち着かなかった。

# 長期滞在の客

購入した、〈今日も旅人〉シリーズの最新刊『魔物の起源』。

軽く読もうと思っていたアイリスだったが……がっつり読み込んでしまった。ちゃんと睡眠をとろうと思っていたのに、朝まで読んでしまった。

（いえ、わかっていたことだわ……）

もう読書で徹夜はしまいと毎度誓うアイリスだが、それが守られることはそうそうない。どうしても止まらなくなってしまうのだ。

（仕事に支障がないようにしなきゃ）

そう思いながら制服に袖を通し、今日も元気に出勤したアイリスだが——研究所に到着してすぐ、大きく目を見開くこととなった。


「今日からしばらく当研究所に滞在することになった——」

「ルーベンです。普段は各国を旅しながら、魔物の生態を調査したりしています。その調査は、本として出版もさせていただいています。この研究所は、他国の研究所と比べると研究も進んでいて、さらにオリオン王国は魔獣だけではなく聖獣の伝承もあり、前々から興味がありました。魔獣舎もあると聞いているので、魔獣ともたくさん触れ合いたいと思っています。……っと、長く話しすぎてしまいましたね。俺は情報共有もどんどんしていきたいので、気軽に声をかけてもらえると嬉しいです。もちろん、俺からも声をかけさせていただきたいと思っていますが……。短い期間かもしれませんが、どうぞよろしくお願いします！」

アイリスが出勤したら、昨日サインをしてくれたルーベンが職場にいた。

（え？　え？　え？　え？　え？　え？）

もはや語彙力が消える勢いで、アイリスの頭上にクエスチョンマークが浮かぶ。まさか昨日会っただけではなく、今日もその姿を見ることになるとは。

（というか、うちの研究所に滞在……？）

あまりに突然のことでアイリスは混乱気味だが、それ以上に、リッキーを始め、ルーベンのファンは多かったため研究所内には驚きの声があがった。

ルーベンの紹介が終わると、すぐにリッキーがやってきた。

「先輩‼　めっちゃびっくりしちゃいましたね‼」

「ええ、本当に。所長もルーベン先生本人だとは思ってもいなかったみたいね」

所長は驚きつつも、キラキラした顔でルーベンのことを紹介していた。今は、ルーベンに研究所の説明をしているようだ。

「私たちも、いろいろ話してみたいですね」

「しばらく滞在するみたいだから、機会はありそうね。いろいろな場所の魔獣の話を聞いてみたいわ」

ファンではあるけれど、一研究員として有意義な話ができたらいいとアイリスは思った。

＊＊＊

ルーベンが研究所に滞在するようになって数日、浮かれていた研究員たちもだいぶ落ち着いてきた。

研究のためにと訪問したルーベンとは、魔獣を始め、魔物全般や瘴気の話をしている。アイリスはもちろんだが、ほかの研究員たちもかなり有意義な研究ができている。これによって、魔獣の研究もぐっと進むだろう。

アイリスもルーベンと魔獣についていろいろ話をしたいところだったが、残念ながら今日からしばらく夜勤になってしまった。

「――とはいっても、私の研究で夜も様子を見たいだけなのよね」

なので、夜勤なのはアイリスひとりだけだ。

今アイリスが行っている研究は、瘴気がどのような状況下で発生しているのかを検証するものだ。

研究は狩られたばかりの魔獣の牙で行っている。日中はリッキーに見てもらい、夜中の時間をアイリスが担当して瘴気の動きを見ているのだ。

「一時間ごとに瘴気濃度を確認するだけだから、そんなにやることはないのよね」

残りの時間はほかの研究を進めたり、書類仕事を片付けたりするのがいいだろう。アイリスがそう思って机に向かうと、研究所のドアが開いた。

こんな時間にいったい誰が？　そう思ってアイリスが振り向くと、そこにいたのはルーベンだった。

「こんばんは、アイリス！　こんな時間まで仕事とは、精が出るね」

「私は夜勤です。ルーベン先生こそ、どうしたんですか？」

ルーベンが研究所に来るのは主に日中なので、こんな時間に来ることは珍しい。アイリスが尋ねると、ルーベンは「実は……」と理由を話してくれた。

「ここには魔獣舎があるだろう？　昼間はリッキーに案内してもらったんだが、夜の状態も見てみたくてね。よかったら案内してもらえないだろうか？」

「ああ、そういうことでしたか」

（ルーベン先生は本当に研究熱心なのね）

アイリスは感心するように頷いて了承する。

「観察時間が一時間に一回あるんですが、それ以外の時間なら大丈夫ですよ。ただ、夜なので寝ているかもしれませんけど……」

「構わないよ。安心して眠っているなら、そんな彼らを見るのもまた研究だからね」

「なるほど」

ありのままが見たいと主張するルーベンに頷き、アイリスはちょうど時間があったので魔獣舎へ案内することにした。

魔獣舎は、研究所から歩いて十五分ほどのところにある。

地味に距離があるのは、王城の建物近くに魔獣がいるなんてとんでもない！という貴族がいたため、建設許可が下りなかったからだ。

歩道は舗装されており花壇にも綺麗な花が咲いていて散歩にはちょうどいい距離だけれど、夜中に歩くのは若干緊張してしまう。

少し前に工事していた離宮は無事に完成したようで、周囲の庭園が庭師によって美しく整えられていた。

アイリスの横を歩いているルーベンは、周囲を見回しながら口を開く。

「日中もさすがは王城の敷地内だと思いましたが、夜は夜で雰囲気があっていいですね。あそこの木々の隙間から魔獣が出てきそうだ」

「ルーベン先生ったら」

思いがけないルーベンの言葉に、アイリスはくすっと笑う。

「魔導灯はありますが、多くはないので……足元には気をつけてくださいね」

「ああ。怪我をしたらルイたちに会えなくなってしまうからね」

魔獣舎にいる魔獣――ルイ、ネネ、アーサーに会いたくてたまらないようだ。アイリスもルイたちのことが大好きなので、ルーベンの言葉に頬が緩んだ。


しばらく歩くと、魔獣舎と、その手前に研究所の小屋が見えた。

魔獣舎は万一にも魔獣が暴れたり逃げ出したりしないよう、石壁で頑丈に作られている。重苦しい雰囲気ということもあり、ここに来るのは研究所の人間くらいだ。

手前の小屋には、魔獣舎で使う仕事道具や、ちょっとした休憩スペースが設けられている。

今回はルイたちの様子を見に来ただけなので、小屋には寄らずに直接魔獣舎へ向かう。

「寝ているかもしれないので、静かに……」

「もちろん」

アイリスがゆっくり、できるだけ音を立てないように鍵を開け、魔獣舎の扉を開ける。

寝ていたら申し訳ないと思っていたが、すぐに『ワオ！』というルイの声が聞こえてきた。

どうやら、アイリスの気配を察知していたようだ。

「起こしてしまったかしら」

『ニャ』

『ヒヒッ』

アイリスが魔獣舎の中を歩き、「ごめんなさいね」と言いながらみんなの頭を撫《な》でる。ここにいる魔獣は、三頭だ。


一頭目は、黒く、三メートルの巨体を持つルイ。

見た目は狼に近く、鋭い牙と爪を持っている。アイリスにはとても懐いているが、敵とみなしたものには容赦なくその爪を振るう冷酷な一面もある。

二頭目は、猫に似た外見を持つケットシーのネネ。

尻尾が九本ある魔獣で、魔法を使うことができる。外で会うと、魔法と同時に鋭い爪でも攻撃をしてくるので、戦うのに厄介な相手だ。

三頭目は、馬に似た外見を持つ一角獣のアーサー。

頭に一本の角を持つことから、その名前がついたといわれている。比較的大人しく、馬のように背に乗ることもできる。

この三頭は、魔物が発する瘴気を発していない。

瘴気を発していない理由は、三頭がつけている首輪にある。魔導具になっていて、瘴気を抑える効果が付いているのだ。

そのおかげで人間と一緒に生活することができるし、瘴気がないため、従来の魔物のような凶暴性もなくなっていると考えられている。


起きていた三頭を見て、ルーベンがテンションを上げる。

「やあ！　ルイ、ネネ、アーサー、昼間ぶりだね‼」

ルーベンは、さすがは世界を旅しながら魔獣の調査をしているだけあり、まったく恐怖心を持たずにルイたちに接している。わしゃわしゃと頭を撫でて、「いい毛艶だ～！」と満面の笑みだ。

アイリスはそんな様子を一歩下がったところから見つめる。

（すごい、みんなルーベン先生にされるがままだわ。……でも、ルイは嫌そうにしてるわね）

こちらに向けられたルイの視線が、何なんだこいつはと言っている。それに苦笑しつつ、アイリスは今だけお願い！というようにルイを見て手を合わせた。

ルーベンはアーサーの背を撫でながら、アイリスの方へ振り向いた。

「そういえば、リッキーに魔獣が一番懐いているのはアイリスだって教えてもらったんだよ。アーサーの背中に乗ったりしたことはあるかい？」

「背中にですか？」

「ああ。俺は研究や調査をしてるから触れ合うこともあるけど、直接背中に乗ったことはないんだよ。非常に残念なことにね。昼間、リッキーにお願いしてみたんだけど……自分では経験が少なくて無理だと言われてしまって」

だから一番魔獣に懐かれているアイリスなら……と、ルーベンは考えたようだ。

アイリスは、アーサーの背に乗ったことがある。

しかも散歩のようにただ乗っただけではなく、戦場を駆け、魔物と戦った。ラースにいたっては、ルイの背に乗り、振り回されながら戦場を駆けていた。

（もうあんな経験は二度としたくはないけど……）

そのときのことを思い出してしまい思わず頭を抱えたが、すぐにルーベンを見て思考を切り替える。

「乗ったことありますよ。魔獣舎の横にある小屋には、鞍もありますから」

「本当かい⁉　俺も乗ってもいいかい⁉　ぜひ、ぜひお願いしたい‼」

アイリスの言葉を聞くとすぐ、ルーベンが瞳をキラキラと輝かせた。期待に満ちた目を見てしまうと、ノーとは言いづらい。

「えーっと……少しなら？　大丈夫、かも？」

「やった！　小屋にある鞍だね‼」

アーサーをちらりと見つつアイリスが答えると、ルーベンは一瞬で魔獣舎を出ていってしまった。

「それほどまでにアーサーの背に乗りたかったなんて……」

ルイも人を背に乗せたことがあると言ったら、いったいどうなってしまうだろうと考えてしまった。

（それは絶対に言っちゃ駄目ね）

アイリスがそんなことを考えていると、『おい！』という声が背後から聞こえてきた。ルイだ。

「ごめんね、こんな夜中に来ちゃって」

『それは別にいいが、誰なんだ？　あいつは……』

ふんと鼻息を荒くしたルイが、ルーベンの出ていったドアを睨《にら》みつけている。わしゃわしゃと撫でられたのが気に入らなかったのだろう。

アイリスは苦笑しつつ、作家であり旅の研究者でもあることを改めてルイに伝えてルーベンを紹介した。

――ルイは、アイリスがいるときのみ人の言葉を話す。

ただ、アイリスがいればいいわけではない。アイリスがひとりのときか、ラースと一緒にいるときだけだ。

ほかの人間……たとえばグレゴリーやリッキーが一緒にいる場合は話さない。そのときは、アイリスにもルイの声は魔獣の鳴き声として聞こえる。

ではなぜアイリスがいるときに話をするのかといえば、『一緒にいると何だか落ち着くから』という理由らしい。


『ああ、前にアイリスが語っていた本の作者か』

「そうよ。覚えてたの？」

『あれが発売すると、いつも寝不足の顔をしていたからな』

「…………」

ルイの言葉に思わず顔を逸《そ》らしてしまったのも仕方がないだろう。

アイリスはあははと笑いながら、本題に戻るためアーサーを見る。こんな夜中、恐らくいつもなら寝ているだろう時間に、ルーベンを背中に乗せてくれるだろうか。

「ごめんね、アーサー。私がうっかり安請け合いしちゃったばっかりに……」

アイリスがアーサーの首に抱きつくと、大丈夫だよと言うように『ヒヒン』と鳴いた。

喋ることができるのはルイだけで、アーサーとネネはこちらの言葉を何となく理解してくれている、という認識だ。

『オレたちは人間みたいに柔《やわ》じゃないんだ。あいつを乗せるのは嫌だろうが、まあ問題はないだろう』

「強いわね……」

さすがは魔獣だと、アイリスは感心する。

「アーサー、お願いするわね。明日は特別に美味しいご飯を持ってくるから」

『ヒヒンッ』

嬉しそうに返事をするアーサーに、ほっと胸を撫で下ろす。

（とはいえ、外に出す許可はないから、魔獣舎の中を往復するくらいしかできないけど……）

アイリスがアーサーの檻を開けようとしていると、「何をしてるんですか？」と声をかけられて思わずドキリとする。

「え――って、ラース！」

「こんばんは、アイリス。今日は夜勤だと聞いたので見に来たんですけど、研究所にいないから捜しちゃいましたよ」

魔獣舎にやってきたのはラースだ。

その手にはバスケットを持っていて、差し入れを持ってきてくれたということがすぐわかった。わずかに漂う甘い匂いはココアだろうか。

「一緒に休憩しませんか？　仕事がまだあるなら、手伝いますよ。ルイもアイリスが休憩できるように、協力してくださいね」

『オレは別に協力も何もする必要はないぞ。アイリスの仕事を増やしているのは、別の男だ』

「別の男……？」

ラースがその言葉を口にした瞬間、空気がゆらいだ気がした。

いつもの穏やかなラースの声とは違い、どこか冷えたような――そんな声に、思わずアイリスはびくりと肩を震わせた。

――間違いなく、よくない展開だわ！

ラースからしてみれば、自分が求婚している相手が、真夜中に別の男とふたりきりでいるという状況だ。

アイリスとしては仕事なのだから……と思いたいが、時間帯とルーベンが仕事をしているのではないことを考えると……確かに面白くはないだろう。

「ええと、一緒にいるのはルーベン先生よ。それに、ルイたちもいるし、ふたりきりではないのよ？」

どうして自分がこんな言い訳をしなければいけないのかと思いつつも、アイリスの口からはラースの誤解を解こうとする言葉しか出てこない。

「ええ、ルーベンの滞在に関してはもちろん把握しています。俺にも報告がきていますから。ですが、必要以上にアイリスに近づくなんて……」

「別に私だから近づいてるわけじゃないのよ。好奇心というか、仕事の延長というか……」

「仕事の延長で好き勝手するのはよくないですよね？」

「う……」

ど正論を言われてしまい、アイリスは口を噤むしかない。

「……アイリスが仕事熱心なことも、ルーベンのファンだということも知っています。けれど、アイリスの仕事の時間にルーベンが甘えることは間違っています。真夜中の魔獣舎を見たいのであれば、その申請をしっかり行ってもらわないと困ります」

「――！　そう、よね……。私が軽率だったわ。ごめんなさい、ラース」

アイリスが素直に謝罪の言葉を口にすると、ラースが「すみません」と口にする。

「アイリスを困らせたかったわけじゃないんです。……大人げなかったですね」

暗に妬いていたのだとラースは伝えたかったのだろうが、仕事に真面目なアイリスは首を振って口を開く。

「いいえ、私のせいよ。始末書を所長に提出しておくから、後でそれを確認してちょうだい」

（ルーベン先生がお客様だから対応してしまったけれど、勤務時間外に働かせていることにもなっているのよね。今の時間はルーベン先生に報酬が発生しているわけではないんだから、そ

の点も注意しなければいけなかったのよ）

アイリスはどうしてそんなこともわからなかったのだろうと、頭を抱える。

『何だ何だ、話はついたのか？　くあぁ……』

ラースとのやり取りを見ていたルイがそう言いながら、大きな欠伸《あくび》をした。先ほどは夜中でも別に問題ないと言っていたが、やはり眠かったみたいだ。

「ごめんなさいね、ルイ。やっぱりアーサーの背中に乗るのは明日にしてもらうから、今日は休んでちょうだい」

『なっ、別にオレはこれくらい大丈夫だぞ！　アーサーだって、強い魔獣だ！』

『ヒヒンッ！』

ルイの声に答えるように、アーサーが声をあげる。が、今の真面目仕事モードのアイリスにそれは通用しないのだ。

「違うのよ。こっちの理由で、明日にしてほしいの。振り回すかたちになっちゃってごめんなさいね」

「明日は俺からもお詫びに高級肉を届けますよ」

『美味い肉か……仕方ないな』

どうやら食べ物で手を打ってもらえるようだ。

「お肉もいいけど、美味しい野菜も用意しておくわ。食べたいものはある？」

『オレは肉があればいい。野菜はいらん』

「駄目よ、野菜も食べないと。そうだ、ニンジンはどう？　アーサーも好きだし美味しいわよ」

『嫌だ』

「もう、ルイはお肉ばっかりなんだから……」

アイリスはやれやれとため息を吐《つ》きつつ、「お肉たっぷりと野菜を少しね」と言って笑う。

「……それじゃあ、研究所に戻りましょうか。ルーベンも、鞍の場所がわからなくて探しているかもしれないですし」

「そうね。このまま喋っていて、ルイが会話できると知られたら大変だもの」

アイリスが心配事を口にすると、『そんな馬鹿なことはしない』とルイが自慢げな顔をする。

『近くだと言葉が通じるが、少し離れるとオレの声はただの魔獣の鳴き声に聞こえるんだ。力を乗せて喋っているからな』

「そうだったの……」

新事実に驚いたが、それなら安心だとアイリスはほっと胸を撫で下ろした。

ルイ、アーサー、ネネの三頭に就寝の挨拶をして、アイリスとラースは魔獣舎を後にした。

# 閑話　信じられない光景

ルーベンは、アイリスに魔獣の背に乗りたいと懇願して了承を得ることができた。

（やった！　一角獣に乗れるとは、ついてるぞ‼）

はしゃぎたい気持ちを抑えつつも、鞍が小屋にしまわれているらしいので、急いで探しにやってきた。

小屋の中にはちょっとした休憩スペースがあり、魔獣の世話をするための道具などがしまわれていた。綺麗に整理整頓されているので、目的のものも探しやすそうだ。

鞍が見つかれば、ルーベンの長年の夢のひとつが叶う。

「おお、ブラシにもいろいろな種類があるな。魔獣ごとはもちろんだが、毛の状態によっても使い分けているんだろうな」

鞍を探しに来たというのに、ルーベンはブラシを手に取ってまじまじと見始めた。

「これはブラシの素材も魔獣の毛じゃないか？　なかなかいいものを使っているな。売り物ではないだろうから、特注品か……もしくは研究所で作ったりしたのか？　これもぜひ話を聞いてみたいな……‼　むむ、あっちにあるのは魔獣たちのおやつではないか⁉」

鞍を探すはずが、ルーベンは目にするものすべてに注目してしまう。

あれがすごい、これもいい、などとひとりで盛り上がっていた結果、鞍を見つけたのは十分ちょっと経った後だった。

「……これは遅くなってしまったな」

ルーベンは頭をかきつつ、自分の悪い癖が出てしまったと苦笑する。

「魔物関連の品があると、どうにも夢中になってしまうんだよなぁ……」

まあ、それを悪い癖だと自覚はしているが、実は嫌だとは思っていなかったりする。それでこそ自分だと思ってさえいるくらいだ。

「しかし、鞍は丈夫ではあるが……馬につけるものと同じもののようだな」

馬には乗れるので、これならアーサーにも乗ることができそうだとルーベンは上機嫌になった。


そして小屋から出て魔獣舎に行き、ドアを開けようとしたところで――話し声が聞こえて思わずその手が止まる。

「ごめんなさいね、ルイ。やっぱりアーサーの背中に乗るのは明日にしてもらうから、今日は休んでちょうだい」

『ワウ、ワウウッ‼』

『ヒヒンッ！』

何やらアイリスが話しているようだ。

（誰と……？　ルイと？　というか、俺がアーサーの背に乗れないっていう話になっているみたいだな）

思わず涙目になってしまう。

（とはいえ、俺だって魔獣たちに無理をさせたいわけじゃない。アイリスが今日はやめた方がいいと判断するなら、明日の日中でも問題はない）

ようは、背に乗れるかということが大事だからだ。

（そういえば、一角獣はどの程度の重さまでなら耐えられるのだろう？　検証したことがなかったな……。恐らく馬の数倍は耐えられるだろうが……これはアイリスも知っているかもしれないな。聞いてみよう）

ルーベンがそんなことを考えていると、アイリスではない声が聞こえてきた。

「――お詫びに高級肉を届けますよ」

『バウウゥ』

（ん？　誰の声だ？）

人間の男の声と、それに答えるルイの声だ。

まるでルイと会話しているような雰囲気を感じ取り、ルーベンは自分もそれくらいルイたちと仲良くなりたいと思う。

そんなことを考えていると、さらにアイリスの声が聞こえてくる。

「お肉もいいけど、美味しい野菜も用意しておくわ。食べたいものはある？」

『ワウアッ！』

「駄目よ、野菜も食べないと。そうだ、ニンジンはどう？　アーサーも好きだし美味しいわよ」

『バウ』

「もう、ルイはお肉ばっかりなんだから……。お肉たっぷりと野菜を少しね」

（……いや、これ、会話していないか？）

アイリスが自由にルイたちに語りかけているだけかもしれないが、それにしては会話の内容が具体的だ。

（聞きたい、ルイたちの言葉がわかるのかどうか‼）

しかし、先ほど一緒にいたときはそんなそぶりを見せなかったので、聞いたとしても教えてはもらえないだろう。

（ほかの研究員たちにそれとなく聞いてみるか？　いや、俺が変な目で見られるだけかもしれないな）

だったらルーベン自身がルイたちに話しかけるのはどうだろうか？　それはいいアイデアだと自分でも思う。

（でも、誰かがいるところだと返事をしてもらえないかもしれないな……。魔獣舎の掃除をひとりで任せてもらえるようになれば、そのチャンスも出てくるんじゃないか？）

ルーベンの中のワクワクが止まらない。

そんなことを考えていると、アイリスともうひとり、見知らぬ男が魔獣舎から出てきた。

（先ほどの声の持ち主か！）

黒髪に、金色の縁取りの眼鏡をかけた青年だ。

年は十代後半……といったところだろうか。質のいい黒のジャケットを着ていることから、身分の高い人物であろうと当たりをつける。

すると、アイリスがこちらに気づいた。

「ルーベン先生！　すみません、ちょうど小屋に行こうとしていたんです。やっぱりアーサーの背に乗るのは、明日の日中でもいいですか？」

アイリスはルーベンが手に持っている鞍を見ると、申し訳なさそうに眉を下げた。鞍を持ってくるのに時間がかかってしまったので、探すのが大変だったと思われたのだろう。

「いえ！　魔獣たちに負担がかかるのは俺も嫌ですからね。明日でまったく構いません！」

「本当ですか？　ありがとうございます、ルーベン先生」

ほわりと微笑むアイリスに、ルーベンも笑顔を返す。すると、アイリスの隣にいた青年がずいっと一歩前に出てきた。

まるで、ルーベンとアイリスの間に割り込むように。

「ラディアス・オリオンです。研究所には、だいたい週に二回ほど顔を出しています。同僚と思って接していただけますと嬉しいです。……どうぞよろしく」

「は……」

突然の自己紹介に、ルーベンは息を呑んだ。

（ラディアス・オリオン……って、王太子の名前じゃないか!?　何でアイリスと一緒に魔獣舎にいるんだ!?　いや、研究所に出入りしていて同僚!?　どういうことだ!?）

ただわかることは、目の前の相手がこの国の王太子であり、ナンバー2ということだ。ルーベンは、すぐに膝をついた。

「お初にお目にかかります。旅をしながら魔物の研究や調査をしている、ルーベンと申します。このたびは、王宮に迎え入れていただいたこと、感謝いたします」

「あなたがとても優秀だということは、方々から聞いているよ。実は、私も〈今日も旅人〉シ

リーズは好きで読ませてもらっているんだ。これからもぜひ、頑張ってください」

「ありがたきお言葉です」

無事に挨拶をすることができ、ルーベンはほっと胸を撫で下ろす。

しかしいったいどういうことだとアイリスをちら見すると、申し訳なさそうな顔をされてしまった。

（今回のことは、アイリスにとってもイレギュラーだったということか）

「……っと、私はデータを取らないといけないので、そろそろ研究所に戻ります。ルーベン先生は、もうお休みください」

「ええ、そうします」

アイリスの言葉に頷いて、ルーベンは用意されている客室で休むことにした。


途中まで三人で一緒に戻ったが、どうやらラディアスはアイリスのことを研究所まで送っていくようだ。

ルーベンは王太子に婚約者はいなかったはずだと思い、なるほどと研究所へ向かうふたりの背中を見つめるのだった。

＊＊＊

翌日、ルーベンは魔獣舎の掃除を買って出た。

その結果、無事に役目をゲットした。が、さすがにひとりで任せるわけにはいかないということでリッキーも一緒だ。

魔獣舎にやってきたルーベンは、どうにかひとりで行動するためにリッキーを見る。まずは小屋に寄ろうとしているようだ。

（そうだ、役割分担をしよう！）

いい作戦だと思い、ルーベンはリッキーに声をかける。

「俺は先に中の様子を見てくるから、リッキーは掃除道具を持ってきてもらってもいいかい？」

「わかりました！」

リッキーが快諾してくれたので、ルーベンは先に魔獣舎へやってきた。鍵を開けて中に入ると、ルイ、アーサー、ネネの三頭がいる。

「おはよう、みんな！」

ルーベンがとびきり大きな声で挨拶をすると、三頭がこちらを見た。

「今日の調子はどうだい？　夜中は突然来てしまってすまなかったね。お詫びになるかわからないけど、小屋の掃除はしっかりさせてもらうよ！」

しかしルイたちからは特に何のアクションも返ってはこない。

（む……。これは、ううむ、話を……会話をしたいと率直に伝えた方がいいのかもしれない）

ルーベンは「よし」と頷き、改めてルイを見る。

「ルイ！　俺はルイと会話をしたい。俺の言葉が理解できるのなら、俺にわかる言葉で返事をしてもらえないだろうか？」

ドキドキしながらルイに語りかけたルーベンは、純真無垢な子供のように目をキラキラさせている。ルイがどんな風に答えてくれるのだろうと考えると、ワクワクが止まらないからだ。

『………』

「俺の言葉がわかるなら、返事をしてくれないか？　……うぐ、まったく反応してくれないか」

やはり会話ができるなんて、夢物語だったのかもしれない。

ルーベンが肩を落としていると、「お待たせしました！」とリッキーがやってきた。

「さて、掃除を――って、先生どうかしましたか？」

なんだかしょんぼりしているような？とリッキーに言われ、ルーベンは苦笑する。

「いやあ、ルイと喋れないかと思って」

「ルイとですか？　話すことができたら、きっと楽しいですよねぇ」

リッキーがそう言ったのを聞き、やはり魔獣たちとの会話ができる、ということはここでもあり得ないようだなとルーベンはがっかりする。

（だがいつか、言葉をしっかり理解し、会話できる魔物と出会えたら……。これは俺の夢のひとつに追加しておこう）

なんてことを考えると、落ち込んでいた気持ちも上がってくる。

「さて、張り切って掃除をしようか」

「はい！」

ルーベンは今までにないくらい気合を入れて、魔獣舎の掃除をしたのだった。

# ルーベンの調査

「ふわあぁぁ……」

思わず出てしまった大きな欠伸を手で隠して、アイリスはコホンと咳払いをして誤魔化す。

やっと夜勤が終わり日勤になったのだが、さすがにすぐに切り替えるのは難しい。睡眠はきちんととったのだが、どうしても体のリズムは崩れてしまう。

今日は定時で上がってゆっくり休んだ方がいいかもしれない。そんなことを考えていると、コトリと机の上に珈琲《コーヒー》が置かれた。

「お疲れ様です、アイリス」

「ラース、ありがとう」

「今日はミルクと砂糖を多めにしておきましたよ」

あまり無理をしないでくださいね？と、ラースがいたわってくれる。

「そうね」

アイリスは苦笑しつつ、仕事もそうだが……家の問題もあるのだったと内心でため息を吐く。

家の問題とは、アイリスの父――ファーリエ侯爵のことだ。

父親は、アイリスに仕事を辞めさせ、ラースことラディアスと結婚させたいと思っている。

今までアイリスは闇属性だからとほぼ放置状態で好き勝手してきたが、ラディアスが直々に求婚をしてきたのだ。

すぐにでも結婚させ、娘を王太子妃にしたくてたまらないのだろう。

（お父様からしたら、わたくしの感情なんてどうでもいいのでしょうけど……）

アイリスはラースの顔をちらりと見て、何ともいえない気持ちになる。

別に、ラースのことは嫌いではない。

――が。

（私の写真を引き伸ばして部屋に飾っていたり、私があげた飴を大事にとっておいたり……さすがにちょっとやばいと思うのよ！）

一言でいうなら変態だ。

それがなければ、アイリスもラースのことは同僚として好感を持っていたし、ゲームのエンディング後に告白をされたらオーケーをしていただろう。

しかし好青年だと思っていたら、まさかの……である。

（何というか、ゲームのエンディングを迎えて悪役令嬢生活から追放平民生活になると思っていたのに……）

アイリスの予定は当初の想定とだいぶ違うものになっていた。

「どうしたんです？　疲れが酷《ひど》いなら、今日はもう上がりますか？」

心配そうにこちらを見るラースに、アイリスは苦笑する。

「いえ、大丈夫よ。この間取っていたデータもまとめちゃいたいし」

「……わかりましたけど、無理はしないでくださいね」

「ええ、ありがとう」

アイリスは素直に頷き、書類に目を向ける。

とはいっても、実はたたき台はリッキーが作ってくれているので、そんなに難しい作業ではない。結果をまとめてグラフなどを作り、グレゴリーに提出すれば終わりだ。

（でも、次は違う素材で試してみたいのよね）

やりたいことは山のようにあるので、時間がいくらあっても足りそうにない。

アイリスがそんなことを考えていると、「みんな、お疲れ！」とルーベンがやってきた。後ろにはグレゴリーとリッキーも一緒だ。

ルーベンはアイリスを見つけると、すぐこちらにやってきた。

「実は今、アーサーの背に乗せてもらってきたんだ！　あれは素晴らしいね。こんな経験ができるなら、ずっとこの研究所に所属していたいくらいだよ。背に乗った感じ、一角獣の骨格はほとんど馬と同じだった！　ただ、一角獣の方が筋肉がしなやかで、スピードも上だ。魔獣と一体になれた……そんな感覚を持ったよ！」

わっと喋るルーベンに圧倒されつつも、アイリスは「よかったです」と微笑む。

あの夜、ルーベンをアーサーの背に乗せてあげられなかったので日中に……という話だったが、念のため騎乗に必要な書類をグレゴリーに提出したのだ。

ルーベンは客人ということになっているので、何かする場合はきちんと書面に残しておいた方がいいと判断したためだ。

「殿下……ラースは乗ったことがありますか？」

ラディアスを敬称で呼ぼうとしたルーベンだが、すぐに研究所にいるときはラースでという話を思い出したようで、呼び方を訂正した。

「ええ、ありますよ。アイリスとふたりで乗ったんですけど、アーサーは力強いからまったく不安定にならないんです」

「何と！　ふたり乗りもできるんですか⁉」

ルーベンはひとりでしか乗らなかったようで、「それもあったのか‼」と悔しそうにしている。そしてすぐ、こちらに顔を向けてきた。

「アイリス、一緒にアーサーに乗らないか⁉」

「えっ」

まさか自分に白羽の矢が立つとは思わなかったので、アイリスは驚く。すると同時に、すぐ横からブリザードのように激しく吹雪いてくる。

（わあ、ラースの顔は笑ってるのに目が笑ってないわ……）

今までアイリスにアプローチをしてくる男性はいなかったため、このようにラースが他人に対して嫉妬をむき出しにするのはルーベンが初めてだ。

しかしルーベンはそんな状況のラースに気づいていないのか、それよりも魔獣の話がしたいのか……口を閉じることはない。

「アイリスと乗れたら、次は男性と。それも問題なさそうだったら、次は三人で……人数を増やしてみるのもいいかもしれない。一角獣の力強さをこんなかたちで検証できるなんて、素晴らしいね！」

「あー……」

何でもいいからとにかくアーサーの背に乗りたいのだろうと、アイリスは苦笑する。

「できたら、アーサーと話をしてみたいよ。そうしたら、どれくらい人間を乗せられるの？と聞けるだろう？」

「確かに聞けたらいいでしょうけど、魔物は喋りませんからね」

アイリスは夢物語ですねと、ルーベンに答える。

実際は、アイリスはルイが人間の言葉を理解して喋ることを知っているけれど、それを誰かに話すことはしない。

（そもそも、どうしてルイは喋れるのかしら？）

ルイとは仲がいいけれど、アイリス自身がルイについて詳しいというわけではないのだ。

「うーん、夢があっていいと思うんだけど……現実は厳しいね」

「そうですね。でも、ルーベン先生なら、いつか魔物と会話ができても不思議じゃないって思えますよ」

「本当かい？　それは嬉しいな！」

笑顔を見せるルーベンに、アイリスは頷く。

今までルーベンの著書を〈今日も旅人〉シリーズを含めて何冊も読んできたが、どれも魔物のことを考えて書かれていた。そんなルーベンの魔物たちへの愛が、いつか言語の壁を乗り越えても不思議ではないと思ってしまうのだ。


結局、アイリス、ラース、ルーベン、リッキーの四人で魔獣舎へ行くことになった。

ルーベンがふたり乗りをしてみたいと主張した結果、ラースがリッキーとならば構わないと言ったのだ。

リッキーはリッキーで、ルーベンの大ファンなのですぐに承諾してくれた。

楽しそうに魔獣舎へ続く道を歩くルーベンとリッキーを後ろから見つつ、アイリスは隣を歩くラースにこっそり声をかける。

「ラースってば、ちょっとルーベン先生に態度が厳しいんじゃないの……？」

「そりゃあ、アイリスにちょっかいを出されたら面白くないですから」

「……っ！」

（だからどうしてこう、直球なの……‼）

アイリスは赤くなった顔を隠すように、俯いて歩く。

ラースはアイリスに求婚をしたときから、好意的な感情を隠すことがなくなった。そのため、少しでも油断したらあっという間にラースのペースに持っていかれてしまうのだ。

ふいに、隣り合って歩くアイリスとラースの手が触れた。

「——！」

すぐにアイリスがバッと手を引き、自分の胸の前で両手を組む。軽くぶつかっただけだというのに、心臓がドッドッドッと音を立てる。

（まるで子供みたいだわ）

いくらアイリスが恋愛初心者だといっても、さすがにこの反応はどうなのか。そう思っていたら、ラースの小さな声がアイリスの耳に届いた。

「もっと触れていたかったんですが……駄目ですか？」

まるで犬耳がしょんぼり垂れているかのような表情で、ラースがアイリスを見てきた。その顔がちょっと可愛いと思ってしまう。

「だ、駄目に決まってるでしょ！　前をリッキーとルーベン先生が歩いてるのよ⁉」

見つかったら何て言い訳をすればいいのだと、アイリスは怒る。が、ラースは嫌とは言わないのだなと頬を緩めるばかりだ。

「でも、喋ったりしなければ、ばれないと思いませんか？」

そう言って、ラースがわずかにアイリスとの距離を詰めてきた。再び触れた手に、思わずドキリとする。

「だ、駄目よ！　今は仕事中なのよ‼」

「……それもそうでした」

公私混同してしまうのを嫌うアイリスは、毅然とした態度をラースに向けた。うっかり流されてしまうこともたまにはあるけれど、基本的に仕事は真面目に行いたいのがアイリスだ。

ラースが「すみません」と言ってアイリスを見る。

「わかればいいわよ。……ラースも仕事が多くて大変なのに、きつく言っちゃってごめんなさいね」

「アイリス……ああもう、やっぱりアイリスは俺の天使ですね」

「何言ってるのよ、まったく……」

喋っていたせいもあって、すぐ魔獣舎に到着した。

「いやー、またアーサーに乗れるだけでも嬉しいよ。そういえば、リッキーはアーサーに乗ったことは？」

「一応、魔獣に慣れるために乗ったことはありますよ。本当にちょっとですけど……やっぱり最初はすごく緊張しました」

「おおぉ、いいね、緊張感はとても大切だ」

ルーベンとリッキーが盛り上がりながら、すぐに小屋から鞍を出してきた。このまますぐアーサーに乗ってみるようだ。

とはいえ、魔獣舎から出す許可は得ていないので、魔獣舎内の短い通路を往復するだけだ。

ラースがルーベンと一緒に鞍をつけてくれている間、アイリスはリッキーと一緒にその様子を見ながら待っている。

「……というか、私が本当にルーベン先生と一緒にアーサーに乗るんですか？　ちょっと私では恐れ多いというか何というかもにゃもにゃ……」

「まあ、確かに私たちは元々ルーベン先生のファンだものね」

アイリスがそう言うと、リッキーが「ですよね！」と力説してくる。しかし、その状況が続くのはあまりよくない。

「でも、今のルーベン先生は仕事仲間よ。同僚とまでは言ったらいけないかもしれないけれど、ファンとして接するのはよくないと思うの」

「アイリス先輩……」

仕事の最中に、ファンだからといってキャーキャーするのはよくない。それはリッキーもすぐに理解できたようで、真面目な顔で頷いてくれた。

「そうですよね。私も仕事として、アーサーがどれくらいできるかしっかりデータを取りたいと思います！」

「ええ、そうしましょう」

アイリスとリッキーの話が一段落したところで、ちょうどアーサーに鞍をつけ終わったようでルーベンがリッキーを呼んだ。

「よーし、行ってきますね！」

「よろしくね」

ルーベンがすでにアーサーに乗っているので、そこへリッキーも乗った。アーサーはふたり乗せてもびくともせず、涼しい顔をしている。

それにルーベンが感動して、「おおっ」と瞳を輝かせた。

「よし、ラースも一緒に乗ろう‼」

「え……」

「一角獣の研究のためだ！」

嫌そうな顔をするラースに、ルーベンが問答無用と手を伸ばしてラースも乗せようとしている。が、研究と言われてしまってはラースも無下に断ることはできない。「仕方ないですね」と言って、ラースもアーサーに乗った。

（アーサーが人を三人も乗せてるところ、初めて見たわ）

アイリスはその様子をまじまじと見つめながら、「すごいわね」と言うとリッキーが返事をしてくれた。

「すごいですよ、アーサー！　全然ぐらつかないし、どっしり構えていてくれてます！　何十人も乗っても大丈夫そうなくらい！」

「さすがに乗る場所がないですね」

リッキーの言葉にラースが笑う。確かにここに何十人も乗るとなると、雑技団を呼ばなければ無理そうだ。

「物理的に何十人も乗れないのが悔しいけど、アーサーの力強さを知ることができて俺は嬉しいよ！」

「私も嬉しいですよ！」

「もしかしたら、今後は緊急時の物資の運搬や、馬では運べないようなものの運搬担当など、一角獣にも新しい道があるかもしれませんね」

「「確かに‼」」

ラースの言葉に、ルーベンとリッキーの言葉が重なった。

アイリスが三人の様子を眺めつつ笑っていると、ふいに後ろからもふっとした感触がやってきた。ルイだ。

「ああ、ルイの檻に寄りかかってたわね。ごめんね、邪魔だった？」

自分の体に鼻先を擦りつけてきたルイは、フルフルと頭を振った。どうやら単にアイリスに甘えているだけのようだ。

（ふふっ、可愛いしもふもふだぁ～！）

今ここにアイリス以外に誰もいなければ、ルイに抱きついてそのもふもふを堪能していたに違いない。普段はできる女と見られているアイリスだが、実はもふもふが大好きなのだ。

（でも、こんなところでルイに抱きついてもふもふしたら、先輩の威厳がなくなっちゃうものね！）

それだけは駄目だ。アイリスは頼れる先輩でいたいのだ。

『……む』

「ルイ？」

ふいにルイが言葉を発したのを聞いて、アイリスは目を見開く。ルイはアイリスとラース以外の人間がいると、決して言葉を話さないからだ。

(でも、これは言葉というより鳴き声に近いかも……?)

もしかしたら自分の勘違いだったかもしれないとアイリスは思う。しかし、すぐにそれは間違いだったことがわかることとなる。

『何やら異変が起きているようだ……』

「――!」

アイリスにだけ聞こえるように小声で呟かれたルイの言葉に、息を呑む。

異変がどんなものかはわからないが、ルイの雰囲気から察するにいいものではなさそうだ。

もしかしたら、再び魔物の大反乱が起きるのかもしれない。あのときは乙女ゲームのシナリオだったけれど、今後も起きる可能性がゼロではないのだ。

(ここにはリッキーとルーベン先生がいるから、詳しく聞くのは無理だわ)

後でひとりで――いや、ラースと一緒に来るのがいいだろう。

アイリスはもやもやしたものを胸に抱えながら、ルーベンがアーサーの調査を終えるのを待った。

# 恋の応援団リッキー

王宮魔獣研究所の研究員リッキーが好きなものは、恋バナだ。

そして今！　まさに！　旬の恋バナといえば——ひとつしかない。


それは、王太子ラディアスと侯爵令嬢アイリスの恋だ。


リッキーはその場に立ち会っていなかったため又聞きなのだが、それはそれは激しい愛の修羅場が繰り広げられていたのだという。

元々アイリスの婚約者は、第二王子のラディアスではなく、第一王子のクリストファーだった。幼い頃からの許嫁《いいなずけ》で、いわゆる政略結婚というものだ。

しかしそれは、婚約破棄というかたちで終わりを告げた。

クリストファーが、アイリスという婚約者がいるにもかかわらず、シュゼットという子爵家の令嬢を恋人にしていたからだ。

堂々としたこの浮気は、王城中の噂の的だった。

リッキーは自分の先輩であるアイリスをいつも心配していたし、ラースがラディアスだとは知らず、途中からはお似合いのふたりだからくっついてしまえばいいのに……と思っていた。

クリストファーとアイリスが婚約破棄をした今、アイリスは堂々とラースと恋人同士になって愛を育むことができる——はずだった。

（なのに！　どうして！　あのふたりはくっついてないの!?　信じられない!!）

リッキーは研究所の自分の席で事務をしつつ、横目でアイリスの席を見る。横にはラースがいて、甘〜いロイヤルミルクティーを淹《い》れてきたところのようだ。

（これでまだ付き合ってないなんて!!）

誰か嘘だと言ってください。

（でもでも、ラースがアイリス先輩ラブなのは間違いないんだよね）

ラースはアイリスが婚約破棄された場で、そのまま求婚したというのだから。ラースがアイリスを好きだというのは、王城内で知らない人はいない。

（ルーベン先生にもかなり牽制してたし）

つい先日、アイリス、ラース、ルーベン、リッキーの四人でアーサーの背中に乗りに行った。ルーベンがアーサーにふたり乗りができるという話を聞き、それを試してみたいと言ったからだ。結果、リッキーとラースを入れて三人で乗ることができた。

と、ここまでは何事もなく、ただ楽しい時間だった。

問題は、その際にラースがさりげなく嫉妬を見せていたことだ。

いつもその傾向はあるけれど、ルーベンがいるときは絶対にアイリスの横を歩く。

ルーベンがアイリスの方に近づいてきたら、さりげなく自身の体がアイリスとルーベンの間になるよう立ち位置を調整する。

ルーベンがアイリスに話しかけようとしたら、先にラースがルーベンかアイリスに話しかけて、ふたりがあまり会話しないようにしている。

……などなど。


（いやもう、見ててお腹いっぱいになっちゃったよね！）

それに、リッキーが見ている限りでは、アイリスもまんざらではなさそうなのだ。

（アイリス先輩、絶対にラースのこと好きだと思うんだけど……もしかして、元婚約者のクリストファー殿下に遠慮してたりするのかな？）

クリストファーは横領が発覚して捕まったはずだ。アイリスが義理に思う必要なんて、微塵もない。

（それとも、ラースを選べない理由があるのかな？　でも、仮に政略結婚でも王太子との結婚なんて一番すごいことだよね？）

むしろ、どうにかして政略結婚でもいいから娘を王太子のラースに嫁がせたい貴族はたくさんいるだろう。

（私は平民だから、そのへんの事情はわからないけど……。アイリス先輩に聞いたら、理由を教えてくれるかな……？）

もしかしたら何か理由があって、ラースが好きだけれど了承の返事ができない……ということだってある。そうだった場合、リッキーにも協力できることがあるかもしれない。

（ルーベン先生の本の感想会もまだできてないし、そのときにでも聞いてみて……って、駄目だ！　前回通りなら、感想会にはラースも来るんだ）

さすがにラースの前でどうしてラースの求婚を受けないのか聞くことはできない。リッキーは頭を抱えて「ままならない～！」と叫ぶのだった。

＊＊＊

「リッキーとふたりでお茶をするのは久しぶりね」

「ですね！　駄目元で誘ってみてよかったです」

リッキーはアイリスを誘って、休日の街にやってきた。

今日はフルーツケーキが人気のカフェでお喋りをして、休みを満喫する予定なのだ。もちろん、リッキーのお目当ては恋バナだ。

カフェの席についてみかんのフルーツケーキを頼むと、さっそくリッキー——ではなく、アイリスが口を開いた。

「ふふっ、今日は恋愛話でしょう？　わかってるのよ」

「はいっ‼」

いつも真面目に仕事の話か読んだ本の話しかしないアイリスから、恋愛というワードが飛び出してきた。

（ええぇ、アイリス先輩の方から⁉）

リッキーのテンションは一気にマックスまで上がる。

（こんなに恋バナに積極的な先輩は初めてじゃない⁉）

これは今日という日に大いに期待が持てる！と、リッキーは顔がにやにやするのを止められない。

もしかしたら、ラースと何か進展があったのかもしれない。いったいどんなドキドキな話を聞かせてくれるのだろう。

リッキーの胸が期待に高まる。

「ずばり！　ルーベン先生が気になって仕方ないんでしょう？」

「は？」

アイリスの言葉に、リッキーが思わずものすごく低い声で返事をしてしまったのも仕方がないだろう。

リッキーは、アイリスの言葉が理解できなかったのだ。

「えーっと……ちょっと落ち着く時間が必要みたいです」

すーはー、すーはー、とリッキーは何度か深呼吸をしてからアイリスを見る。そして、「もう一回お願いしても？」と問いかけた。

「え、ええと……ルーベン先生が気になる、っていうリッキーからの恋愛相談的なものかと思ってきたんだけど……違った？」

「違います、全然違いますよ！　私はファンです。ルーベン先生は私の推しです。人間として尊敬はものすっっっごくしていますが、恋をしているわけではないのです。私が恋人としてルーベン先生の隣に立つなんて、とんでもないです」

リッキーは首を横に振って、全力でアイリスの推理もどきを否定した。推しは遠くから眺めるものであり、恋愛するものではないのだ。

自分の勘違いだったとアイリスは理解したようだが、そうなるとリッキーがいったい何の恋愛話をしたいのかがわからない。

目の前に座るアイリスが首を傾げたところで、注文していたフルーツケーキがきた。仕方がないので、いったん食べて落ち着くことにした。

「……めちゃくちゃ美味しい」

リッキーが思わず呟くと、アイリスも頷いた。

「みかんの酸味がクリームに合うわね。いくらでも食べられちゃいそう」

「わかります」

もうこのケーキが美味しいという事実だけあれば、恋バナなんて必要ないのでは？とすら思えてしまうほどだ。

（でもっ、恋バナはこのケーキの比じゃないくらい甘いはず‼）

それをどうにかアイリスから引き出したいのだ。

「ぶっちゃけ……アイリス先輩はその後どうなんですか⁉　婚約的な意味で！」

「え……」

リッキーが直球で尋ねると、アイリスはケーキを口元まで運んだ状態でフリーズした。

「そりゃあ、お家のこともあるからそう簡単ではないかもしれないですけど、個人的に気になってるんです。アイリス先輩には、幸せになってほしいですから」

自分の気持ちを伝えてみると、アイリスはひとまずケーキを食べてから、ゆっくり紅茶を飲んでリッキーを見てきた。

「……まさか、私のことだとは思わなかったから驚いたわ」

「いやいや、私のことだと思っていたことがびっくりですけど？」

リッキーが息をついてそう言うと、アイリスは「心配してくれてありがとう」と微笑んだ。

「クリストファー殿下との婚約は無事に解消されてるわ。とはいえ、家のこともあるから自由にできるわけじゃないのよね」

「そうですよね……」

やっぱりアイリスがラースを好きでも、すぐにオーケーの返事をするのは難しいのだとリッキーは悟る。

（でも、ラースならその辺の問題を簡単に片付けちゃいそうだけど……さすがにこればっかりは難しいのかな？）

リッキーがどうすればアイリスとラースが結ばれるか考えていると、アイリスはそれを心配していると受け取ったようだ。

「大丈夫よ、リッキー。私も少しは吹っ切れたから、これからは自分の好きにしてみようと思っているの」

「本当ですか⁉」

「ええ。お父様にもちょっと反抗したのよ」

アイリスはくすくす笑って、きちんと前向きに頑張っていると教えてくれた。

（何というか、私ってばお節介だった⁉）

そんなことを考えつつも、ふたりの時間を作ってあげる分には問題ないよね？とも思う。あまり公に会うことができないのならば、それこそリッキーがふたりの仲を取り持てばいいのだと拳を握りしめる。

「私、アイリス先輩のために頑張りますからね！」

「え？　ええ。ありがとう、リッキー」

めちゃくちゃ張り切ってくれるリッキーだが、アイリスの悩みはラースが変態であるというところにあるのは……きっと一生知ることはないだろう。

# ふたりきりの打ち合わせ

オリオン王国には、魔物と瘴気がまったく発生しない神聖な森がある。

聖獣が暮らしていると言われていて、王族と許可された者しか立ち入ることが許されていない。一年中穏やかな気候で、森の恵みは多く、空気が澄んでいるため過ごしやすい森だ。


「え？　私が『聖なる森』の調査……ですか？」

アイリスは、思いがけない仕事に目をぱちくりさせた。

出勤してすぐグレゴリーに声をかけられて、調査の仕事を頼まれたのだ。調査自体はよくあることだから別段問題はないが、場所が特殊だった。

「ラースとアイリスのふたりに頼もうと思っての。アイリスには許可証が発行される」

「そうですか……」

ひとまずアイリスは頷いて、聖なる森に関して考える。

（『聖獣が住む森』というお伽噺は乙女ゲームのときにも出てきたけど、この森に行くイベントとかは特になかったのよね）

そのため、聖なる森に関する情報をアイリスはほとんど持っていない。

（私が行って大丈夫かな……？）

アイリスはこの仕事が好きだし、聖なる森の調査と言われたら好奇心をくすぐられる。

しかし、聖なる森はとても神聖な場所で、入れることは滅多にない。その場所を知っている者も限られている。

そのため、アイリスよりも、もっと適任の人物がいるのでは……と考えた。

アイリスが悩んでいると、グレゴリーが苦笑する。

「ラースのご指名じゃから、アイリス以外の派遣は考えておらん」

「あ……」

グレゴリーの言葉に、なるほどそういうことかとアイリスは頷く。確かに、ラースが誰を一緒に連れていくか考えたら、アイリス一択だろう。

「では、謹んで調査の任務を承ります」

「よろしく頼む」

＊＊＊

聖なる森の調査に行くための準備などを行ううちに、数日が過ぎた。

今、アイリスは打ち合わせのためラースの執務室に向かっている。日程などはもちろんだが、どのような調査を行うかも話し合っておく必要がある。

(魔物が出ない穏やかな場所でも、森は森だものね)

自然特有の危険はあるだろう。


長い廊下を歩いていくと、ラースの執務室が見えてきた。見張りの護衛騎士に打ち合わせの旨を伝え、中に入れてもらう。

ラースの執務室はアイボリーとセピア色を基調とした落ち着いた空間だった。

大きな窓にはレースのカーテンがかけられ、その前に執務机が置かれている。その手前には、打ち合わせにも使えるテーブルとソファ。壁際には備えつけの本棚があり、資料などで埋め尽くされている。

ラースの側近も一緒に執務を行っており、部下がたまに出入りしているようだ。


「アイリス!」

ラースはアイリスが来たのを見るとすぐ、ぱっと顔を輝かせた。今か今かと、アイリスが来るのを待っていた忠犬のようだ。

「どうぞ座ってください」

(側近の前だというのに、ラースったら)

アイリスは苦笑しつつ、勧められたソファに座る。

「忙しいなか、打ち合わせの時間を取ってくれてありがとう」

「いいえ、元々は俺がお願いしたことですから」

ラースはそう言って、さっと手を上げる。すると、メイドがお茶の準備をし、室内にいた人間全員が人払いされた。

（聖なる森の情報は、かなり厳重な取り扱いなのね）

普段以上に慎重に動かなければと、アイリスは気を引き締める。

すると、ラースがテーブルの上に地図を広げながらアイリスを見た。そして指でとんと、ここから北東――だいたい馬車で半日ほどの場所を指さした。

「ここが聖なる森です。アイリスも、存在は聞いたことがあっても場所までは知らなかったでしょう？」

「こって、もしかしてルイが言っていた場所……？」

「恐らく」

アイリスはごくりと唾を飲み込んだ。

ルイに『異変が起きている』と言われた日の夜、アイリスとラースは話を聞きに行った。

夜になったのは、ルイとの話を他者に聞かれるわけにはいかなかったことと、ラースの都合がついたのがその時間だったからだ。

「ルイが俺たち以外の人がいるときに呟くくらいですから、よっぽどだったんでしょうね」

「そうね。何があったのか、早くルイに確認しましょう」

ラースの言葉にアイリスが頷き、魔獣舎のドアを開ける。すると、すぐにルイの嬉しそうな声が届く。

『お、来たか！』

「遅くなってごめんなさいね、ルイ。ラースも一緒よ」

持参した差し入れのおやつをあげつつ、アイリスはさっそく本題に入る。

「昼間に言っていた異変のことだけど……いったい何が起きたっていうの？」

アイリスが真剣な表情で問いかけると、ルイは『ふむ……』と難しい顔をした。

『なんというか、上手く言えない。嫌な感じがするんだ』

「嫌な感じ、ですか。この周辺で、ですか？」

『いや、向こうの方からだ』

まずは嫌な感じの正体を探るためラースが質問すると、ルイはついと北東を示して見せた。すぐ近く、というわけではないらしい。

「向こうの方に何かあるということね？　でも、あっちに何があるかしら……？」

アイリスは腕を組んで考える。

（魔物がいる？　……でも、ルイは魔物の反乱《スタンピード》の際は特に何も言わなかった）

ということは、魔物の出現ではないのでは？と考える。しかし、それ以外で何か異変があるのかと言われると……わからない。

「魔物の出現や、瘴気が酷いとか、そういう……？」

アイリスはそう言ってルイを見るが、首を振った。

『そこまではわからない。オレがわかるのは、今のところ異変があるということくらいだ』

「感覚的なものだと、言語化するのが難しいですからね」

『ふん。オレだって昔くらいの力があれば、すぐにわかるものを』

ルイは鼻息を荒くして、ラースに文句を言っている。

（昔の方が、今より強かったのかしら……？）

アイリスはルイの生い立ちを知らないため、その辺はよくわからない。

「ひとまず、俺とアイリスで北東方面を確認してみます。ルイはのんびり肉でも食べて、続報を待っていてください」

『……わかった』

――というやり取りがあった。

ルイと話している時点で、ラースはその場所が聖なる森だと当たりをつけていたのだろう。

（でも、聖なる森で異変って……大丈夫なの？）

アイリスの不安がラースに伝わったのだろう。ラースは「異変に関しての情報は公開していません」と告げる。

「そもそも、情報元がルイですからね。喋れることも告げなければいけなくなってしまいますから」

「それは、そうね……。ルイが人と意思疎通できるなんて、そう簡単に公表できないわ」

ラースの言葉に頷き、アイリスも情報公開はしない方がいいと考える。魔獣が喋ったとなれば、魔獣に嫌悪を抱いている貴族たちが何を言うかわかったものではない。

ルイの処刑を望む声も多く出るだろう。

（そんなこと、絶対させないわ！）

まずはルイと会話ができるラースとアイリスのふたりで調査をし、何かないか調べるのだという。

「聖なる森までは、馬車で半日程度ですね。入り口までは護衛の騎士がつきますが、中に入るのは俺とアイリスのふたりです。聖なる森に魔物は出ないと言われていますが、安全が絶対保証できるわけではありません。特に今回は異変の件もありますし……絶対に俺の側を離れないでくださいね」

「わかったわ」

アイリスに戦闘能力はまったくないので、剣や魔導具を扱うラースの側にいるのが一番いいだろう。

自分も護身術を習った方がいいだろうかと思いつつ、アイリスは頷いた。

「……打ち合わせとは言いましたけど、重要な情報はそれくらいですね。基本的に森の探索は日中の間で、夜は近くの村の宿に泊まる予定です」

森の調査には、最低でも三日は必要ということだ。それなりに広い森なので、問題なく調査した場合でも三日かかる。

(かなり体力的にも辛そうね。着替えも多めに持っていこう)

アイリスは「了解」と頷いた。


ひとまず話が終わると、ラースが「隣に座ってもいいですか?」と言って首を傾げた。

「え?」

まさかそんなことを言われるとは思ってもみなかったアイリスは、ティーカップに口をつけたまま固まってしまう。

「俺はアイリスに求婚中ですからね。少しでも近くに行きたいですし、一秒でも長く一緒にいたいですし、俺のことをもっと知ってほしいと思ってるんですよ……？　もちろん、アイリスのことも、もっともっと知りたいです」

駄目ですか？と、ラースの眼鏡越しに薄紫の瞳がじっと見つめてくる。子犬のように縋る瞳に、アイリスもすぐに駄目ですとは言いづらい。

「す、少しの間だけよ」

「はいっ！」

アイリスが許可を出すとすぐ、ラースはぱあぁっと破顔する。きっと犬だったら、尻尾をぶんぶん振っていることだろう。

自分の隣に座るだけなのに嬉しそうにするラースを見ると、アイリスも思わずほだされそうになってしまう。

（って、駄目よ！　私！　しっかりしなきゃ‼）

アイリスがぶんぶん頭を振っていると、ラースが「仕事はどうですか？」と話を振ってきた。

「え？　そうね……。夜勤で行っていた調査もいい感じにまとまったと思うわ。ルーベン先生も、研究所に馴染んできたみたいよ。よくみんなと話しているし」

ここ最近の仕事内容を始め、研究所の雰囲気なども伝えていく。

ラースは王太子としての仕事があって研究所にあまり顔を出せないので、気になったのだろうとアイリスは思った。

「あ。そういえば、リッキーとお茶に出かけたわ。ケーキも美味しくて、いいお店だったの」

「リッキーとふたりでですか？　いいですね」

「ええ」

ラースの問いかけに頷いて、アイリスは「ラースはどうなの？」と話を振る。

「私の方は別段変わりはないけど、ラースは今までと環境も変わったから大変でしょう？」

そう言いつつ、アイリスはラースの執務机の上を見る。実は入室したときから気になっていたのだが、大量の書類があるのだ。

（あの量の書類を捌き切れるのかしら？）

書類の山が五つほどできている。いつ崩壊してもおかしくないくらいの量で、思わず目を逸らしたくなってしまうほどだ。

「あー……」

ラースの目も遠くなっている。

「やっぱり大変よね。……クリストファー殿下がいたら、仕事を手伝ってもらうこともできたのかしら」

「それは駄目です」

アイリスがぽつりと漏らした言葉に、すぐさまラースが反対した。その瞳は厳しいもので、クリストファーを許せるものではないというのがわかった。

ラースがこんな風に怒りをあらわにするのは珍しい。

「ごめんなさい。軽率だったわね」

「あ、いえ！　アイリスを責めたりしているわけではないです。すみません。カッとなってしまって……」

「私のことはいいのよ」

アイリスが申し訳なさそうにそう言うと、ラースはちらりと書類を見て……「あれはそもそも、兄が溜め込んでいたものです」と言った。

「え？」

ラースの口から出た言葉が信じられなくて、アイリスは目を瞬く。

「クリストファー殿下が溜め込んでいた書類……？」

その事実を反芻して、アイリスは震える。

(信じられない……。あんなに仕事を溜めていたの⁉)

ワーカホリック気味のアイリスには、あれほど仕事を溜める人間の心理が理解できなかった。

(あんなに書類が溜まっていたら、いったいどれだけの人に迷惑がかかるのかわからなかったの……？　それとも、自分の下にいる人間のことなんてどうでもいいと思っていたの……？)

今更知ってしまったクリストファーの事実に、アイリスは震えるほどの怒りを覚える。今ここにクリストファーがいたら、正座をさせて説教をしただろう。

アイリスがワナワナ震えていると、ラースにそっと手を取られた。

「そこまでです、アイリス」

「私、クリストファー殿下に説教をしたい気分だわ」

「それはアイリスらしいですけど、駄目ですよ」

ラースは苦笑しつつ、何度も「絶対に駄目です」と言う。

「そ、そんなに？」

「はい。俺以外の男のことは考えないでほしいです」

「————！」

ラースの返事は、アイリスが思っているものと違った。

てっきり嫌な思いをしてきたため、クリストファーに関わることをやめるように言われたのかと思ったが……まったく違った。

ただの嫉妬だった。

（お、俺以外の男って！）

「別に、好きとか、そういう感情で言ってるわけじゃないのよ？」

むしろその逆だ。

正座をさせて説教をして働けと言ってやりたいのだ。まったく好意ではないし、むしろ嫌悪感しかない。

「もちろん、わかっています。それでも、嫌なんです。元婚約者のことなんて一切考えないで、俺のことだけ考えてほしいんです」

わがままですよねと、ラースが苦笑する。

「……まったく。ラースは本当に、私なんかのどこがいいのよ」

アイリスも同じように苦笑して、ラースを見た。

すると、ラースは驚いたように少し目を見開いて、嬉しそうに微笑む。

「どこも何も、全部です。アイリスは俺の天使ですから。俺の側から飛んでいってしまわないかって、いつも不安なんですよ？」

「飛んでいったりなんてしないわよ」

そう言いながら、翼があって飛んでいけたらどんなによかっただろうとも思う。それは、悪役令嬢の運命から逃げる——という意味だけれど。

（前は国外追放されて、平民として暮らそうと思っていたけど……）

少しずつ、本当に少しずつだが、ラースと一緒にいるのが心地よく感じてしまっている自分がいるのだ。

それはきっと、ラースがアイリスのことを尊重してくれるからだろう。

（だからといって、愛が重くて変態なところは変わらないけど……）

それさえなければ、パーフェクトなイケメンだったろうに……とアイリスは思う。

が、パーフェクトイケメンなんてそうそういないので、何か欠点のようなものがあった方が人間らしくていいのかもしれないとも思う。

（まあ、重すぎるけど……）

そんな風にアイリスが考えていると、ふいにラースがソファの背もたれに寄りかかった。その表情は、どこか安堵したように見える。

「ラース？」

「ああ、すみません。アイリスが飛ばないと言ってくれたので、気が抜けたみたいです」

「そんなことで？」

アイリスはラースの言葉に呆れながら、同じようにソファに背を預ける。すると、緊張していたのがわずかに体の力が抜けた気がした。

「「…………」」

何となく沈黙が漂うが、しかしその時間が嫌だとは感じない。

（……喋ってないのに落ち着くなんて、変な感じ）

アイリスがちらりとラースの方を見ると、同じようにこっちを見ていたラースと目が合った。

「何だか落ち着きますね。ずっと、アイリスが隣にいてくれたらいいのに」

「――――！」

自分が考えていたことと同じことを言われて、ドキリとする。

アイリスがわずかに頬を赤くすると、ラースはふっと微笑んで、「ずっと隣にいてもらえるように、努力中です」と言う。

「……もし許されるなら、少しだけ寄りかかってもいいですか？」

「え？」

ラースの問いに、アイリスはどうするべきか悩む。

（それは何ていうか、ものすごく恋人っぽいのでは……!?）

途端に、アイリスの心臓の音がドッドッドッと速さを増す。

「ええと、えっと――――」

しかしそこで、アイリスは気づいてしまった。

（うっすらだけど、隈がある）

どうやら軽い化粧で目元だけ隠していたようだ。よくよく見ると、ラースの顔には疲れの色も浮かんでいる。

（そうよね、クリストファー殿下が残した大量の仕事に、新しい案件に、さらに研究所にも顔を出してるんだもの。……いつ休んでるのかしら？）

というか、本当に休んでいるのだろうかとアイリスは疑問に思う。

ラースとは長い付き合いで、彼はいつも人を気遣っている。どちらかといえば、自分より他人を優先してしまうのがラースだとアイリスは思う。

（もしかしたら、ほとんど休んでないのかもしれないわね）

この間だって、アイリスが夜勤だからと夜中に顔を出した。

（普通の人は寝てる時間なのに）

今後は今までの仕事に加え、聖なる森の調査まであるのだ。

ルイが異変を感じたと言ったので、もしかしたら水面下で何かしらの対策もしているかもしれない。

そう考えると、働きすぎのラースのことが心配になってくる。過労とは突然やってくるもので、大丈夫だと言っている人間ほど突然倒れたりするのだ。

（ああもう、仕方ないわね！）

「……少しだけなら」

「え……」

アイリスが腹を括って返事をすると、ラースが驚いた顔をした。どうやら許可が下りるとは思っていなかったらしい。

「す、少しの間だけよ？」

「――はい」

念押しするようにアイリスが告げると、ラースははにかんだ笑顔を見せてゆっくり寄りかかってきた。

ラースの髪がアイリスの頬に触れて、ふわりとした爽やかな香りに思わず緊張してしまう。

「はあぁ、幸せすぎてどうにかなってしまいそうです」

「ラースの幸せのハードルは、いつも思うけど低すぎるわよ……」

たったこれだけでどうにかなってしまうのなら、もし婚約するようなことになったらラースはいったいどうなってしまうのか。アイリスには予想もつかない。

「俺にとって、アイリスと一緒に過ごせる時間が一番ですから。今の俺は、世界一幸せな男なんですよ？」

ちゃんと知っててくださいねと、ラースは至極真面目な顔で告げる。

ラースがすり、とすり寄るようにアイリスに甘えてきた。

アイリスは――自分より三つ年下のラースを、初めは弟のような存在だとも思っていた。前世で三十歳だったことを考えれば、アイリスの方が二倍以上も生きている。
だけど今は……ひとりの男の人にしか見えなくて。

容姿端麗、眉目秀麗、天才的な魔導具作りの才能に、鍛錬をしているため体もしっかりしているし、戦闘だってこなしてしまう。

アイリスだったら、何回人生を繰り返してもここまで上り詰めるのは無理だろうなと思う。

(普段はしっかりしているラースが甘えてくるなんて、よっぽど疲れてるのね)

アイリスは自分の頬にかかったラースの黒髪に触れて、そのまま無意識のうちに頭を撫でた。よしよしと、まるであやすように。

「アイリス……?」

「――あっ、ごめんなさい。私ったら……つい」

慌てて手をひっこめようとしたが、ラースにガシッと掴まれてしまった。

「こんな役得、逃すわけにはいきません。もっと撫でてほしいです」

先ほどまで遠慮がちだったのに、一気にラースが欲望全開になってしまった。もっともっとと、甘えてくる。

「今のは、その、ラースが疲れてるみたいだったから……その……」

「え、疲れてたら今みたいに甘やかしてくれるんですか……?」

途端にラースの目が輝いたのを見て、アイリスはこれはいけない!と焦る。

ラースは自身の疲れを隠すタイプなので、表立って何かを主張することはない。無理をしても、さらりと普段通りにしているのがラースだ。

そしてアイリスは考える。

ラースが平気な顔で無理をするよりも、甘えるためにそれを隠さないようになるなら、そちらの方がいいのではないか……？と。

いきなり過労で倒れてしまうより、たまに甘えて休憩をとれるならば……きっとそっちの方がマシだ――と。

「ちょっと……だけよ。ちょっとだけ甘えていいわ！」

「……今日は何かの記念日ですかね？　でも特に何もないですし、アイリスに甘えられる記念日とかにした方がいいですか？　ああ、国の休日に――」

「ストップ‼」

いったいどうして甘やかしただけで祝日を作ろうとしているのか。意味がわからない。

「疲れてるんだったら、ちょっと甘えるくらいならいいって言ったの！　そんなわけのわからない記念日にしないでちょうだい‼」

「……はい」

ラースは素直に頷いて、今度は先ほどとは違って体重を乗せてアイリスに寄りかかってきた。

少しよろめきそうになってしまったけれど、嫌というほど重いわけではない。

（でも、甘やかすっていってもどうすればいいの……？）

よくよく考えれば、アイリスは今まで誰かを甘やかすことなんてなかった。

この世界に転生する前は彼氏なんていないワーカホリックだったし、この世界に生まれてからはクリストファーが婚約者だったので男性に近づくことすらほぼなかった。

（ラースは私の肩に寄りかかってるわけだから、頭を撫でる……のもちょっとやりづらいし、何か気の利いた話題もないし……）

詰んだ――。

アイリスがそう思ったのも仕方がないだろう。

どうするか考えていると、ラースがくすりと笑ったことに気づく。

「アイリス、すごくいい匂いがします」

「――っ‼」

「安心します。心も安らぐというか……」

「そそそ、そお？」

まさかそんなことを言われるとは思わなかったので、動揺が隠せない。というか。

「恥ずかしいから、匂いなんてかがないでちょうだい！」

「それは難しいですね」

アイリスの言葉に、ものすごく真面目な声色の返事がきた。

ラースはそのまますり寄るようにして、アイリスの首筋に顔をうずめる。そのまま鼻をすり寄せるようにして、「ずっとかいでいたいです」と言う。

「〜〜っ、ラース！」

「アイリスの香り、好きなんです。アイリスは俺の香り……嫌いですか？」

「え」

まさかの質問に、アイリスは動揺する。

（そういえばさっき、ラースの爽やかな香りにドキドキした……ような、しなかった……ような……）

ぶわっと自分の体温が上がったような気がした。

何の返事もしないアイリスに、ラースは不思議そうに首を傾げる。ラースはわずかに体を起こして、アイリスの顔を見て――息を呑んだ。

「アイリス、顔……真っ赤ですよ」

「……っ！　そ、そんなことないわよ！」

「もしかして俺の匂い、好きだと思ってくれたんですか……？」

期待に満ちたラースの瞳が、アイリスをじっと見つめてくる。早く早くと、返事をせかすように。

「あ、ええと、何ていうか、その……」

ここがクライマックスだと言わんばかりに、アイリスの心臓の音が大きくなる。

恥ずかしくてどこかに逃げ出したいのに、ラースが逃がさないとばかりにアイリスを囲い込むようにソファに手をついてきた。

（ひえっ、逃げられない……‼）

「それとも、俺の匂いは気持ち悪いですか……？」

「そんなことないわっ！」

眉を下げて寂しそうにラースに問われて、反射的にそう叫んでしまった。アイリスはしまった！と思って咄嗟に手で口元を押さえたが、後の祭りだ。

「嫌いじゃないんですか？　もう、それだけで嬉しいです」

「～～～～ああもう！」

アイリスは真っ赤になって顔を背ける。これ以上、嬉しくて嬉しくてたまらないというラースの顔は、恥ずかしくて見ていられない。

「アイリス……。愛しています。アイリスの甘い香りも、側にいると心地いいところも、仕事への取り組みも、優しいところも……全部全部、愛しくてたまりません」

ラースの愛の告白に、アイリスは口をぱくぱくさせて顔が赤くなるばかりである。

（何でこんな恥ずかしいこと、簡単に言えちゃうのよ）

一緒にいると、心臓がいくつあっても足りなさそうだ。

ふいにラースの顔が近づいてきて、アイリスは思わず体を反らす……が、背中がソファの背もたれに当たってしまった。

「あ……っ！」

逃げ道がなくなってしまった。というか、自分から追いつめられるかたちをとってしまった。何てことだ。

（わー、どうしよう⁉）

「――⁉」

アイリスが焦っていると、ラースがぷっと噴き出すように笑った。

「ああ、すみません。その、アイリスがどうしようもないくらい可愛くて……。小動物みたいです」

ラースは肩を揺らすように笑いながら、何度も可愛いと言う。

「～～っ、もう、ふざけないでちょうだい。こういうことには、その……慣れてないんだから」

元婚約者のクリストファーとは、甘いやり取りなんて一切なかった。アイリスは顔を横に背けて、どうにか熱を逃そうとする。

しかしふいに、ラースの笑い声がピタリと止まっていることに気づく。

「ラース……？」

どうしたのだろうと思い、ラースの方を見ようとした瞬間――アイリスの首筋に、ラースの唇が触れた。

「……っ！　ら、ラース⁉」

「いきなりそんなことを言うのは、反則です」

すりっと首筋をなぞられて、ぞくりとしたものがアイリスの全身に走る。思わず小さく甘い声がもれると、ラースのごくりと息を呑む音が聞こえた。

「アイリスの初めてを全部、俺のものにしたくてたまらなくなります」

耳元で囁《ささや》かれたいつもより低いラースの声に、アイリスは両の手で顔を隠す。そうしなければ、ラースの色気にあてられてどうにかなってしまいそうだった。

「可愛い。アイリスがこんなに近くにいてくれて、触れられる距離で、どうにかなりそうです」

「……っ！」

（どうにかなっちゃいそうなのは、私よ……！）

しかし反論の言葉は出なくて、代わりに心臓の音ばかりがうるさい。

「アイリス」

愛おしそうに名前を呼ばれ、アイリスは息を呑む。

そんな風に優しい声は、ずるい。

「……ラース」

思わず名前を呼び返して、アイリスは自身の指の隙間からそっとラースの顔を見る。熱に浮かされたようなその瞳に、呼吸ができなくなりそうで。

そしてゆっくりラースの手がアイリスの頬に触れた瞬間――ドンドンッ！と扉を強くノックする音が響いた。

「――っ！　あ、何⁉」

アイリスが慌てて体を起こすと、ラースも仕方がないと体を起こした。ドアを見ると、「ラディアス様！」という声とともにノックされ続けている。

「……ラースを呼んでるわよ」

「そうですね」

ラースは一瞬むすっとした表情を見せると、軽く息をついてから立ち上がった。

（た、助かった……）

それでもラースは名残惜しそうにこちらを見てくるので、「急ぎかもしれないでしょ？」とアイリスは急かす。

「わかりました」

扉を開けると、そこにいたのはラースの側近だった。

「ラディアス様、いくら聖なる森の件の打ち合わせとはいえ長すぎます。アイリス嬢はラディアス様の婚約者でも恋人でもないのですよ！」

どうやらラースの態度に物申したいようだ。

まさかラースの側近が自分のことを気遣ってくれるとは思っていなかったので、アイリスは驚いた。

(すごく真面目な方だわ……！)

アイリスのこととなるとマテが効かなくなるラースにとって、とてもよい側近だ。アイリスは好感を持った。ラースはとても渋い顔をしているが。

「打ち合わせは終わったんですよね？　当初の予定より、かなり時間が過ぎてますよ」

「——今、終わったところだよ」

ラースは名残惜しそうにしつつ、控えていたメイドにお茶の入れ替えと、人払いしていた人たちを呼び戻すように伝えた。

「ご挨拶が遅れて申し訳ありません。ヒューゴ・マーティルと申します。どうぞよろしくお願いいたします」

王太子の側近を務める、伯爵家の令息ヒューゴ・マーティル。二十二歳。

こげ茶色の短髪と、真面目そうな青い瞳。細身の体だがしっかりした体型で、紺のジャケットに身を包んでいる。

今はアイリスの外聞が悪くならないように気遣ってくれているようで、ジト目でラースのことを睨んでいる。

「アイリス・ファーリエです。どうぞよろしくお願いいたします」

アイリスが笑顔で挨拶をすると、ヒューゴも笑顔を返してくれた。

「私も聖なる森の入り口まではご一緒しますので、何か不便なことがあれば遠慮なくおっしゃってください」

「ありがとうございます」

それからお茶を淹れ直してもらった後、聖なる森まで一緒に行くメンバーを紹介されて打ち合わせは終了した。

# 閑話　神託の乙女の言葉

この世界の舞台である乙女ゲーム――『リリーディアの乙女』。

そのヒロインのシュゼット・マルベールは、ぼうっと窓の外を眺めている。

シュゼットは神託の乙女として、今まで攻略対象キャラクターたちと魔物を倒してきた。

その中でもクリストファーはメイン攻略対象キャラクターで、シュゼットと恋仲だった――が、税金の横領等が発覚したため王太子の地位を剥奪されてしまった。

クリストファーは罰として財産を没収され、今は地方の小さな街を治めるよう命を受けている。監視がついているが、真面目に仕事をしているという。

シュゼットは対外的な罪はないことと、神託の乙女であることから、何の罰も与えられていない。すべて、クリストファーが独断でやったこととされたからだ。

あの断罪事件の後は軟禁されていたが、今はそれも解除されているため自由にしている。


「……あら？」

窓の外を眺めていたシュゼットは、その視界にラースとアイリスのふたりを捉えた。ちょうど馬車に乗り込むところで、出かけるようだ。

「何よあれ。アイリスはラディ様の求婚を断ったくせに、デートするなんて信じられない！　わたくしの方がアイリスよりもずっとずーっとラディ様が好きなのに！」

シュゼットはバッと立ち上がると、すぐに部屋を後にした。


シュゼットはあの断罪事件以降、ラディアスには一度も会っていない。何度も会いたいと面会依頼を出したのだが、断りの返事しかこなかった。

きっと、ラディアス本人には届かず、使えない側近が返事をよこしているのだろう。

（ふたりが街にいるときなら、偶然を装って会うことができる！）

その流れで一緒に行動し、ふたりの邪魔——もとい自分のことをラディアスに知ってもらおうというのがシュゼットの作戦だ。

（ふふ、完璧ね！　ラディアス様には悪役令嬢なんかじゃなくて、神託の乙女のわたくしこそが相応しいんだから！）

ラディアスもシュゼットのことを知れば、きっと自分のことを選んでくれるはずだ。


王城の廊下を抜け玄関ホールへ行くと、すでにラディアスとアイリスは出発した後だった。

（残念……。馬車から一緒に乗れたらよかったのに）

そんなことを思いつつ、シュゼットはすぐ近くにいた使用人に声をかける。

「ねえ、殿下たちはどこへ行ったの？　街で買い物かしら」

闇雲に街を歩いても会えるかはわからないので、大体の位置を確認することも大事だ。そのために、シュゼットは出発には間に合わないと思いつつも玄関ホールまで足を運んだのだ。

「いいえ。おふたりは聖なる森の調査に行ったんです」

「え？　聖なる森に？」

使用人の言葉を聞いて、シュゼットはきょとんとする。

（……そういえば、そんな森があるって聞いた気がするわ。ゲームの本筋にはまったく関わりがなかったから、気にしたこともなかった）

街へデートに行くと思っていたので、シュゼットはさてどうしたものかと考える。ひとまず言えることは、圧倒的に聖なる森の情報が足りないということだろうか。

「ねえ、聖なる森はどんなところなの？」

「聖なる森は、魔物と瘴気が存在しない神聖な場所です。聖獣様がいらっしゃるという言い伝えがあり、王族と許可を得た者だけが入ることを許されています。今回は、ラディアス殿下とアイリス様のおふたりで調査を行われるそうですよ」

使用人が丁寧に説明してくれたので、シュゼットはなるほどと頷いた。

（って、ふたりきりじゃない‼）

それはよくない。

シュゼットはどうすればふたりの邪魔をできるだろうかと、脳内をフル回転させる。そしてハッと閃《ひらめ》いた。

体を震わせるように、シュゼットは「ああっ」と声をあげてその場に膝をつく。何事だと、周囲の視線がシュゼットに集まる。

「――いけない！　聖なる森に、よくないものが近づいています……！　女神リリーディアの声が聞こえます……‼」

「何ですって⁉」

シュゼットの言葉を耳にした使用人が、声を荒らげる。「まさか」「聖なる森に異変が……？」と、不安な声も聞こえてくる。

（よしよし、いい感じに不安を煽ることができたわね）

ばれないようににやりと笑ったシュゼットは、悲しみの表情を浮かべて集まってきた人たちを見る。

「わたくしも、聖なる森へ向かいます。あそこに何かがあってからでは、遅いのです……！」

「ひ、ひとまず陛下にお伺いするのがいいでしょう。確認しますので、シュゼット様は一度中へお戻りください」

「ええ……」

シュゼットは使用人の言葉に頷きながら、祈るようなポーズをしてから立ち上がる。

早く神託の乙女である自分が行かなければ大変なことになると、そう思わせるためだ。

（ああ、早くラディ様にお会いしたい……♪）

＊＊＊

翌日、シュゼットは馬車に揺られながらふてくされていた。

（まさか許可が下りるのに一日かかるなんて！）

すぐに追いかけてラディアスと合流する予定だったのに、とんだ誤算だ。

「でも、これでラディ様と会える！」

そう考えると、シュゼットの機嫌も回復してくる。きっとラディアスも、神託の乙女の自分が来たことに喜んでくれるだろう。

「ふふん、ふふふ～ん♪」

シュゼットは早く聖なる森に着かないかと、楽しげに鼻歌を口ずさんだ。

# 聖なる森の散策

穏やかな日の光が差し込む森は、新緑が芽吹く美しい場所だった。まさに聖なる森という名に相応しいと、アイリスは思う。

人の手がほとんど入っていないためか、歩道はない。それでも森に住む動物が通る道はあるようで、ある程度は歩きやすそうだ。

森の入り口までは、ラースの側近のヒューゴや、数人の護衛騎士と一緒だった。

ヒューゴと何人かの騎士は村へ戻り宿の手配などを行い、残りの騎士は森の入り口でアイリスたちが戻ってくるまで待機しているという。


「はー、緊張するわね。ここは数年に一度、短期間の調査が入るだけでしょう?」

アイリスが問いかけると、すぐにラースが頷いた。

「そうです。前に調査があったのは、五年前だったと思いますよ」

今回は詳細な調査は行わず、ひとまず簡単な調査を行う。もし何かあった場合は一度戻り、ルイを連れてきて対処することにしている。

（前回の調査は結構前なのね。何事もなければいいけど、ルイの予感があるし……）

どの程度かはわからないが、何らかのことが起こっているのではないか……と、アイリスは考えている。

そう思うと、森の中はとても美しいがどこか不安を覚えてしまう。すると、ラースがじっとアイリスのことを見てきた。

「アイリス、手を繋ぎながら進みませんか？」

「え？」

言われたことが一瞬理解できなくて、アイリスが目を瞬かせる。

「駄目ですか？　異変があったとき、手を繋いでいた方がアイリスを守れると思います。ここには騎士もいませんから」

安全のためであって、別に邪な想いから提案しているわけではないとラースは言う。が、アイリスとしては警戒してしまうわけで。

（ラースに手を繋ぐ許可なんて出したら、どうなるかわかったものじゃないわ……！）

すると、ラースがまるで叱られた子犬のような表情で、「駄目ですか……？」と聞いてくる。

くうぅ～んと悲しい鳴き声が聞こえてきそうだ。

ラースにそういう顔をされると、正直に言ってアイリスは弱い。

「べ、別に大丈夫よ。とっても平和そうな森だもの！」

「……くぅ。わかりました。でも、もし危険そうだったら繋ぎましょう‼」

「そ、そうね」

ひとまず手を繋ぐことを回避でき、アイリスはほっと胸を撫で下ろした。

しばらく森の中を歩いてみたが、今のところ異常は見当たらない。ときおり野生動物が顔を覗かせるが、大人しいので襲いかかられる心配もなさそうだ。

「何というか、平和な森ね」

「そうですね。何事もなければいいですけど……んー……」

ラースは望遠の魔導具を取り出して、近くの高さが一メートルほどある岩の上に登った。しかし何も異変はないようだ。

（異変がないならそれでいいけど、問題は異変があるのに見つけられなかった場合よね）

そう考えると、今回の調査はかなり難しいものになるだろう。アイリスは自然と気を引き締め、森を見る目も真剣なものになる。

少しすると、ラースが岩から飛び降りた。

「特に変わったところはないですね。以前来たときと、そう変わりはなさそうです」

「そうなのね――って、以前にも来たことがあったの？」

「はい。一度だけですけど。……内緒ですよ？」

どこか悪戯っぽく言うラースに、アイリスは不思議に思いつつ頷く。

（以前は王族という身分を公にしていなかったから、来たことがばれるとよくないのかしら？）

今は無理だけれど、いつか機会があれば教えてもらえたらなとアイリスは思う。

そもそも、アイリスはラースのことをあまり知らない。

対外的な立場や、ラースとしての人となりならば知っているが……それよりもっと、この男には深いものがある。

そうでなければ、断罪されるところだったアイリスを、ああも簡単に助けることはできない。

悪役令嬢が断罪され、ヒロインと攻略対象キャラクターが結ばれるハッピーエンド。

ラースはそこにさらっと割り込んできたのだ。

国外追放どころか処刑を言い渡されたアイリスを、あんなに鮮やかに助けることができたのは、きっとラースだったからだろう。

アイリスはあのときのことを、一生忘れることはない。

政治的な影響力はあまりないのかと思ったが、実のところ水面下にはラースを支持する人が多くいるのだろう。

……そう思うと、アイリスは何だか胸の辺りがもやっとした。

「今日は歩きながら周囲を確認しつつ、食べ物を設置して明日様子を見ましょう。手順など、問題ないですか？」

「ええ、確認しているから大丈夫よ」

これは当初から計画していたことだ。

好む食べ物の傾向から生息する動物の種類などが予想できる。

もし変に食べ散らかしたり、食料を得るために争ったような跡があったりすれば、何かよくないものがこの森にいる――ということになる。

しばらく散策してみたが特に異変はなかったので、アイリスとラースは五か所に食べ物を設置して聖なる森を後にした。

＊＊＊

ドッドッドッドッと、心臓がうるさいくらいに音を立てる。

（どうしてこんなことになったの……⁉）

というのも、宿の手配が間違っていて、アイリスとラースそれぞれ一部屋のところ、ふたりで一部屋しか取れていなかったからだ。

——時は少し前に遡る。

アイリスとラースが聖なる森の散策を終え、待機していた騎士たちと聖なる森の近くの村に戻った。戻ったのだが——手違いで、宿が一室しか押さえられていなかったのだ。

「すみません！　私の確認不足です」

ヒューゴがこれでもかというほど頭を下げてきたので、アイリスは「大丈夫よ！」とフォローを入れるが……まったく大丈夫ではない。

（今日は一日歩き回って疲れたから、ゆっくりベッドで眠りたかったけど……）

アイリスは仕方ないとばかりに馬車を見る。

「私は馬車で休むから、ラースは宿で——」

「いやいやいやいや、何を言ってるんですか？　アイリス？」

「え？　だって、一室しかないならラースが泊まるべきでしょう？」

この中で一番身分が高いのは王太子のラースなので、彼が部屋を使うべきだ。

しかしラースはそれに納得がいかなかったらしく、キッパリ「認めません」と言い切った。

「それなら俺が馬車を使います。アイリスが部屋を使ってください。アイリスに馬車で一晩過ごさせるなんて、とんでもない」

ラースも引く気はないようだ。

「でも、私は研究所の調査で野宿したこともあるわよ？　道中の馬車で休んだこともあるし。そんなに気遣ってもらわなくて平気よ。これでも結構図太いんだから」

アイリスが馬車なんてへっちゃらだとばかりに主張するが、ラースは首を横に振る。

「俺が、アイリスにちゃんと休んでほしいんです。明日も森を歩き回りますし」

「大丈夫――」

「おふたりとも、ストップです‼」

決着のつかなさそうなどっちが宿に泊まる論争を止めたのは、ヒューゴだった。

「私がどうにかして泊まれる場所を探してきますので、おふたりともきちんとベッドでお休みください！」

「え、でももう夕方だし大変じゃない……？」

「いいえ。まったく大変ではありません。なので、おふたりはひとまず部屋で休んでいてください。歩き回ってお疲れでしょうから」

こうして、アイリスとラースはヒューゴによって宿の部屋へ入れられてしまったのである。

「すみません。アイリスに不便な思いをさせてしまって……」

アイリスが椅子に座って緊張していると、ラースが申し訳なさそうな顔をしながら目の前で膝をついた。

「別にラースのせいじゃないわ。手違いは誰にでもあるもの」

だから気にしないでいいとアイリスは微笑む。

元々ここは小さな村なので、小さな宿しかない。宿屋というよりも、民泊と言った方がイメージは近いだろうか。

そのため、騎士たちは野宿をする予定だった。

「こんなに簡単に許しを与えるなんて、やっぱりアイリスは天使ですね……」

「天使じゃないわよ」

アイリスは苦笑しつつ、チラリと窓の外を見る。もう夕日が沈んで、外が暗い。こんな状況でヒューゴに泊まる場所を探させてしまっていることに、胸が痛む。

（でも、ラースは私が馬車で寝ることには反対だし……。かといって、ラースを馬車に追いやって私がのびのびベッドで眠るのも違うというか……）

う～んと頭を抱えてしまう。

「ヒューゴならすぐに部屋を見つけてきてくれますから、それまでゆっくりしましょう。ああ見えて優秀なんですよ」

「ええ」

ふたりでどうこう言ってもどうにもならないので、アイリスは頷いた。

それからしばらくお茶を飲みつつゆっくりしていたのだが、アイリスはどうしても足の疲労が気になってしまう。ふくらはぎのむくみもすごそうだ。

（う〜ん、これは念入りにマッサージしてから寝ないと駄目ね）

そんなことを考えつつ足を気にしていると、窓の横の壁に寄りかかっていたラースが「アイリス」と声をかけてきた。

「よければ、マッサージしましょうか？」

「え」

まさかそんな提案をされるとは思っていなくて、一瞬フリーズしてしまう。

「今日はたくさん歩きましたし、明日も歩きますから。今のうちにケアしておけば、夕食後ゆっくり休めますよ」

「自分でできるから大丈夫よ。ラースこそ、岩の上や木に登ったりもして、疲れてるでしょう？　マッサージしてあげましょうか――」

「ぜひ‼」

冗談でマッサージを申し出てみたら、食い気味にお願いされてしまった――。

真剣な目でこちらを見つめているラースを見たら、とてもではないが、「なんちゃって」とは言えなかった。

後には引けず、アイリスはごくりと息を呑む。

「……じゃあ、ベッドに寝転んでちょうだい」

「はい」

アイリスが指示を出すと、ラースは靴を脱いでベッドにうつ伏せになった。無防備なラースの後ろ姿に、思わずドキリとしてしまう。

(って、これはマッサージよ！)

別にやましいことは何もない。

「えっと……かなり歩いたし、ラースは運動量も多かったから全身を見るわね」

森の調査はなかなかに体力を使うもので……ラースは数メートルある大岩の上に乗ったり、木に登ったり、アイリスには大変なことを率先して引き受けてくれていた。

「ありがとうございます」

えへへとだらしのない笑みを浮かべて、ラースが返事をした。

アイリスがラースの肩を撫でるように触ると、カチコチであることに気づいて驚く。運動神経もよいので、しなやかな筋肉だと勝手に思っていたからだ。

「………」

ぐっと力を入れて押してみる。

（これは……）

身に覚えのありすぎる硬さに、アイリスは大きくため息を吐きたい衝動に駆られる。それも仕方ないだろう。

「仕事のしすぎだわ！　凝りが酷い‼」

今日の疲れを癒やすためのマッサージとか、そういう次元の話ではなかった。

「あ〜、最近は書類仕事が多かったですからね」

「まったく……」

前世の自分の肩もこんなんだったなと思いながら、アイリスはラースの肩をマッサージしていく。

（肩もそうだけど、首もやばいわね）

アイリスはゆっくり丁寧に、肩、首、それから頭部のマッサージをしていく。どこもかしこもカチコチだ。

「……一度、お医者様に見てもらった方がいいわよ」

「そんなに酷いですか？」

「酷すぎるわ」

アイリスがキッパリ告げると、ラースは「参りましたね」と苦笑する。

「週に一回はマッサージしないと駄目だと思うわよ」

ぐっぐっと肩をほぐしながらアイリスが告げると、ラースは「うーん」と困ったような声を出す。

「週一でマッサージを受けるなら、その時間もアイリスに会いたいです」

「私は真面目に言っているのだけれど？」

「イダダダダダ！」

にこぉと笑ったアイリスは、凝っている場所を容赦なくグリグリした。ラースが「ギブです！」と言うけれど、そんなに力は入れていない。

「私が心配するから、ちゃんと受けなさい」

「……いっそ、アイリスがしに来てくれたら嬉しいんですけどね」

軽口を叩くラースに、「まったく」とアイリスは苦笑する。

「私は素人だもの」

「でも、上手ですよ」

ラースにマッサージを褒められ、アイリスは内心でそれはそうだと思う。

（前世では整体にお世話になりっぱなしだったもの）

施術するのは素人だけれど、施術されるのならば玄人だ。まあ、誇れることではないのだけれど……。

「ほら、腕もやっていくわよ」

「はい」

腕の付け根からマッサージして、ゆっくりと動かす。凝りは酷いが元々柔軟性はあるようで、可動域が広い。

「ん〜〜、気持ちよすぎます……」

いつもと違う、ラースのふにゃりとした甘い声。ただのマッサージをしているだけなのに、ラースのせいでドキドキしてしまう。

「ちょっと黙って」

「ええ？　無理です。もうずっと、このままでいたいくらいで……ああ、気持ちいいです」

「…………」

とろけるようなラースの声で、いつの間にやらアイリスの顔は真っ赤だ。仕方がないので、無心でマッサージを続けるしかなかった。


「――これで終わりよ！」

どうにか足首までマッサージを終わらせ、アイリスはやり切ったと息をつく。

「ありがとうございます。それじゃあ、次は俺の番ですね。ほら、寝転んでください」

「え？」

アイリスはマッサージをしてもらうつもりはなかったので、慌てて首を振るも「いいじゃないですか」とラースに腕を引かれてしまった。

「きゃっ！」

ベッドに倒れ込むと、ついてしまったらしいラースの匂いにドキリとする。

（何これ、恥ずかしいわ！）

しかしベッドが柔らかくて、立ち上がる気力を奪われる。今日の調査のせいで、自身の想像以上に体は疲れているようだ。

「それじゃあ、マッサージしていきますね」

「……わかったわ」

このまま放っておくと明日が悲惨なことになると判断したアイリスは、渋々ラースのマッサージを受けることにした。

「ん、んぅ……っ、あ」

「気持ちいいですか？　アイリス」

ラースはアイリスと同じように、肩から順番にマッサージを始めた。「すごく凝ってますね」と言いながら、頭や首もマッサージしている。

（うう、私の体もガチガチだったわ）

これではラースのことばかり言えない。

「力を抜いて、身を任せてくださいね」

「……っ、言い方！」

耳元で囁くように言うラースに、アイリスの顔が熱を持つ。少し振り返ると、嬉しそうな、だらしないラースの顔がある。

「も、もう終わりで――」

「駄目です。明日、アイリスが辛くなったら大変ですから。森の中を歩くのは、思っている以上に体力を使いますからね」

そう言って、ラースの手がアイリスの脚に触れる。脚の付け根から膝に向けてマッサージされると、とても痛い。

「……っ、ん！」

確かにこのままにしておいたら、明日の活動は大変そうなのでアイリスは仕方なく身を任せる。これは仕事のためだから、仕方ないのだと自分に言い聞かせて。

ラースが念入りにほぐしてくれるため、痛かったものが次第に気持ちよくなってくる。

「どうですか？」

「ん、気持ちいい……」

アイリスがとろんとした声で告げると、ラースは「よかった」と満足げに微笑む。

「どうせなら、アイリス専属のマッサージ師になりたいですね。そうすれば、俺が体の隅々まで管理してあげられるのに」

「――っ、何言ってるのよ！」

突然出てきたとんでもない台詞に、アイリスは体を起こそうとする。このままではやばい気がしたからだ。

しかし、それを許してくれるラースではなかった。

「ああ、すみません。でも、こうしてアイリスに触れられているのが、とても嬉しくて。ねえ、気持ちいいですか……？」

「だから、んぅっ」

ぐっと腰回りを押されて、思わず声があがってしまう。

「ちょ、ラース！　もう終わりでいいわよ！」

アイリスは慌てふためいてどうにか止めようとするが、止まるわけもなく。それどころか、ラースの手の動きはエスカレートしていく。

「……ん、んんっ」

腰からお尻までのラインに触れられて、ぞくりとしたものが体に走る。

（これ以上は、本当にやばい……!!）

しかしラースの手は止まらなくて、お尻に触れられる――というところで、アイリスは火事場の馬鹿力と言わんばかりの勢いで体を起こした。

「やりすぎよ！　ラース‼」

「――残念」

アイリスが怒りをあらわにしたのと同時に、ラースがぱっと離れた。その顔は苦笑いしているようで、反省の色はない。

「まったく……！」

ため息を吐いてアイリスがベッドから起き上がるのと同時に、ノックの音と「ヒューゴです」という声が聞こえた。

（そういえば宿の手配のために奔走してくれていたんだったわ）

ラースが対応するために立ち上がったのだが、その手には荷物を持っている。

「？　ラース？」

「アイリスはこのまま休んでください。俺はヒューゴと一緒に行きますから」

「え？　でも――」

まだ宿がどうなったのかも決まっていない。反論しようとすると、ラースの人差し指がアイリスの唇に触れた。

「もっとマッサージをご所望ですか？」

大歓迎ですと満面の笑みを浮かべたラースを見て、アイリスは思わず「いらないわよ！」とソファに置かれていたクッションを投げつける。

「では退散します。おやすみなさい、アイリス」

「〜〜〜〜もうっ！」

ラースは優しく微笑んでから、部屋の外に出ていってしまった。アイリスはベッドの縁に力なく腰かけて大きくため息を吐く。

「仕事中は真面目で優秀なのに」

そうじゃないときは、どうにも調子を狂わされてしまう。

アイリスはもう一度ため息を吐いてから、ベッドに寝転ぶのだった。

## 聖獣に会いたい！

ルーベンはとてつもなく興奮していた。

それは、グレゴリーからアイリスとラースが聖なる森の調査に行ったということを聞いたからだ。

今までにないくらい、ルーベンのテンションが上がっている。


「俺も聖なる森に行きたいです‼」


そう主張するルーベンの声が研究所内にこだまする。

が、研究員たちは苦笑するばかり。許可がなければ聖なる森に立ち入ることができないのを知っているからだ。

「許可がなければ無理じゃ」

グレゴリーがルーベンの希望をバッサリ斬ってしまった。

「そんなぁ……。聖獣に会うことは、俺の夢のひとつなんですよ‼」

「盛り上がっているところ悪いが、聖獣がいるというのは伝説というか、お伽噺じゃ。実際の聖なる森は、ただ美しい森だと聞いておる」

だから聖なる森に行っても聖獣に会うことはできないのだ。

が、そこで諦めるルーベンではない。

「俺は自分の目で見たことしか信じません！　そして、ありのままの真実を書いて伝えたいと思っているんです……‼」

「ハッ！　そ、それは新作が発売されるということかの……？」

小刻みに震えつつそう問いかけたグレゴリーは、作家ルーベンのファンだ。そのことは、本屋でサインをしたルーベンも知っている。

（そうだ、所長は俺の本が出ることを楽しみにしてくれているんだ！）

上手く頼み込めば、聖なる森へ行くことができるかもしれないとルーベンは考える。

「次の新作には、オリオン王国の聖獣を書こうと決めていたんです！　所長、どうぞ聖なる森に入る許可をください‼」

ルーベンが何卒！と手を合わせてグレゴリーを見る。

「し、新作……！」

「よ、読みたすぎる……！」

グレゴリーだけではなく、様子を見ていたリッキーも『新作』という言葉の魔力にやられてしまっているようだ。

すぐにでも許可を出したいグレゴリーだが、残念ながらその権限は持っていない。がっくり肩を落とした。

「すまんが、儂に許可を出すことはできないんじゃ。出せるのは、王族……今王城にいるのは、陛下だけじゃ」

「国王陛下だけ……」

さすがにハードルが高すぎると、ルーベンは打ちひしがれる。客として研究所に迎えられてはいるが、国王への謁見は難しい。

だが、ここで諦めるルーベンではない。

「陛下への謁見を取りつけてきます……‼」

ゴゴゴゴと闘志に燃えたルーベンは、どうにかして許可を得るために急いで研究所を後にするのだった――。

# 異変の正体

聖なる森の調査二日目。

今日は昨日のうちに設置した食べ物がどうなっているかの確認をしつつ、森の中を散策する予定だ。

森の入り口までは護衛騎士と一緒に行き、あとは入り口で待機していてもらう。

(騎士も一緒に調査ができたら捗るのに……)

と、アイリスはついつい効率を考えてしまったりする。


今は朝なのでそこまで気にならないが、日中は日射しが強くなる。

そのため騎士たちが簡単なテントを張っている。しかし作業中に、そのうちのひとりがよろけて森の中に足を踏み入れそうになった。

「うわっとと……!」

その様子を見ていたアイリスは、大きくよろけたわけではなかったので問題ないだろうと思っていた。が、次の瞬間バチッと音がして、その騎士は聖なる森の結界に弾かれてしまった。

(——! 聖なる森には結界が張られているの!? そうか、だから入るのに王族の許可がいる

のね）

簡単に不法侵入できてしまうのでは？とアイリスは心配していたが、杞憂だったようだ。ちなみに騎士は弾かれただけなので、怪我などはしていない。

（さすがは聖なる森ね……）

アイリスが感心していると、準備を終えたラースに声をかけられた。

「そろそろ出発しますけど、大丈夫そうですか？」

「ええ」

頷いて、アイリスはラースと一緒に聖なる森へ足を踏み入れた。


今日も天気は快晴で、森の中は穏やかな空気が流れている。

昨日とは違う道を通りながら森の中を進んでいく。木の枝を見ると、色鮮やかな鳥やリスなどの小動物がくつろいでいる様子が窺える。

「やっぱり異変みたいなものは感じないわね……」

「そうですね。とりあえず、昨日置いた食べ物を確認しましょうか」

「それがよさそうね」

昨日食べ物を設置した場所は、全部で五つ。

設置したものは、リンゴ、バナナ、葉物野菜、根菜、鶏肉などだ。野生動物たちが問題なく食べているかなどを確認する。

ひとつ目は、獣道の途中に置いてみた。

結果は、少し果物がかじられているだけだった。特に変わった様子はない。

ふたつ目は、木の上に置いてみた。

こちらは果物と葉物野菜が食べられていた。特に変わった様子はない。

三つ目は、大きな岩の上に置いてみた。

これは全種類が少しずつ食べられていた。が、特に変わった様子はない。

四つ目は、茂みの中に隠すように置いてみた。

根菜が多く食べられていた。しかし特に変わった様子はない。


結果を見て、アイリスは肩を落とす。

「うーん、特に変なところはないわね。野生動物がちょっとずつ食べてる……っていう感じで」

「足跡も野生動物のものばかりで、魔物の足跡は一切ないですね。森も綺麗な状態なので、魔物がいる……というような異変の可能性はなさそうです」

周囲や食べ物の状況を見て、危険な異変ではなさそうだと当たりをつけるが……森の中をすべて調査したわけではないので、まだ油断は禁物だ。

アイリスは食べ物を回収して、「残りはひとつね」とラースを見る。

「最後に置いたのは、『聖獣の泉』の近くですね。実はここ、何かあるなら可能性が高いと思ってる場所なんです」

「え？　そうなの？」

昨日最後に訪れた場所は、小さな泉だった。

確かに水面がキラキラ光を反射して綺麗だったけれど、それ以外は特に何も感じなかった。

「あの泉は魔力を含んでいて、聖獣が好むんです」

「聖獣って、あれは伝説というか、お伽噺の――」

そこまで言って、アイリスはハッとする。

（そういえば、普段は眼鏡で色を隠してるけど……ラースの瞳の色は聖獣を従えると言われている金色――）

もしアイリスの生まれと育ちがこの世界で、前世の記憶がなかったら……きっと聖獣なんているわけがないと思っただろう。

しかしアイリスは、この世界がゲーム世界だということを知っている。

魔法だって存在している。

ファンタジー要素の詰まった乙女ゲームに聖獣が出てきたとして、何らおかしなことはない。むしろそのお伽噺こそが、フラグなのだろうとすら思う。

「ラースは聖獣に会ったことがあるの？」

「――！」

聖獣はお伽噺の生き物だと言おうとしていたアイリスが突然そんなことを言ったからか、ラースは驚いたようだ。

しかしすぐに微笑み、頷いてアイリスの問いに肯定した。

「あります。……実は、ルイは元聖獣なんですよ」

「えっ⁉」

まったく思いがけないラースの告白に、アイリスは開いた口が塞がらない。まさか今ここで、そんな爆弾発言をされるなんて。

「って、え、待って？」

アイリスの頭に浮かぶのはルイの顔だ。

（そういえば、魔獣舎にいる獣の中でルイだけ何の魔獣なのか判明してない。もし聖獣だというのなら、何の魔獣かわからなかったのも頷ける）

聖獣であれば、いくらルイが何の魔獣か調べてもわかるわけがない。

（それに、ルイは喋れるし……）

そのことがまさに決定的なのでは？と、アイリスは思う。

「なるほど」

「そんなにすぐに受け入れられるとは思いませんでした」

びっくりですと言うラースに、アイリスは当然でしょうと肩をすくめる。

「あれだけ強くて、会話ができて、何の魔獣かわかってなかったのよ。むしろ聖獣って言われた方が、しっくりくるわ」

「確かにそうかもしれませんね」

アイリスの言葉にラースはくすりと微笑んで、頷いた。

「ルイとの出会いはおいおい教えてもらうとして、とりあえず泉に行ってみましょう。まだちょっと頭がいっぱいいっぱい」

聖獣の泉へ歩きがてら整理したい。そう思いルイの話はいったん置いておくことにしたのだが――泉の近くに置いた食べ物は、どこかに持ち去られたような痕跡があった。

ルイのことを整理する前に、どうやら別の問題を解決する必要があるみたいだ。

五つ目に設置した食べ物は、どうやら全種類を少しずつどこかに運んだようだ。複数の動物の足跡が、一か所に向かっている。

「……この先へ運んでいったのかしら?」

足跡のある獣道に、ところどころ食べ物が落ちている。

「そうみたいですね。……とりあえず、どこに続いているのか見てみましょう。危険そうであれば、すぐに切り上げます」

「……わかったわ」

アイリスはゆっくり深呼吸をしてから頷いた。


歩きづらい獣道がずっと続くのかと思っていたが、少し歩きやすくなってきた。どうやら動物たちの使用頻度が高い獣道のようだ。とても歩きやすい。

「この先に、動物たちのたまり場でもあるのかしら?」

たとえば、猫が集会を行うような場所があるのだろうかとアイリスは首を傾げる。

基本的にアイリスの専門は魔獣だが、動物のことも多少であればわかる。しかし、種族を超えて動物が集まるようなことはほとんどない。

「だけど同一種族ならまだしも、足跡を見る限り複数……しかもかなりの数だわ」

足跡の種類は、ざっくり数えても五種類はある。

「もしかしたらもふもふパラダイスがあるかもしれませんねぇ」

「――! もう、私は真面目に言ってるのよ」

「俺だって真面目ですよ？　アイリス、もふもふ好きでしょう？」

「うぐ……」

大好きです‼とは……何となく恥ずかしくて口にできなかった。

（もしかして、私がいつもこっそりルイをもふもふしてるの見られてたんじゃないかしら⁉）

なんて思ってしまうが、ラースだったらあり得そうなので怖い。

「あ、どうやら目的地に着いたみたいですよ」

「え？　もう着いたの？　ずいぶん近いところで――っ！」

もふもふのくだりが恥ずかしくて、足元を見つつ歩いていたアイリスはラースの声で顔を上げた。しかし次の瞬間、目に入ってきた光景に息を呑む。

「何なの、あの黒い――瘴気⁉」

無意識のうちに、アイリスの足が一歩下がる。


黒い渦のようなものが眼前に広がっていて、その周囲にたくさんの野性動物がいた。

動物たちはみな、手や口でアイリスとラースが用意した食べ物を持っている。どうやら自分が食べるために持ってきたわけではなさそうだ。

アイリスの予想通り動物たちが集まってはいたが、あまり楽しそうな雰囲気には見えない。

「どうやら、ルイが感じていた異変はこれだったみたいですね」

ラースの言葉にハッとする。

「そうね。聖なる森に、こんな不穏なものがあるなんて異変としか思えないわ」

アイリスは頷き、あの渦をどうにかしないといけないと考える。今のところ、見ている分には危険はなさそうだが……。

「もしかして、あの渦から魔物が生まれたりしない……!?」

ゲームではああいった場所からモンスターが生まれるというのは鉄板だった。この乙女ゲームではそうではないだろうが、可能性としてゼロではない。

「魔物だったら、倒すだけで済んで簡単なんですけどね……」

「いや、簡単じゃないわよ」

騎士たちを呼んでくれれば簡単かもしれないが、今ここにいるのは戦闘力ゼロのアイリスとラースのふたりだけなのだ。

「ラースはあれが何だかわかるの?」

「……恐らく」

どこか不安を帯びたようなラースの声に、アイリスは緊張する。つい先ほどと違い、今のラースの声は真剣さも含まれていたからだ。

アイリスはごくりと唾を飲みこみ、再び渦を見た。しかしすぐ、その渦はうごめき出した。

同時に、淡い光が発せられる。

「え……？」

「どうやら俺たちは、ものすごいタイミングで異変に遭遇したみたいですね」

「何が起こるっていうの⁉　って、渦の中に何か見え――！」

ひゅっと、一瞬呼吸をするのを忘れてしまった。


渦の中心で、何かが動いた。

それは小さな生命のようだ。

次第に大きくなって、手のひらサイズくらいの獣の姿になっていく。

そう――今、アイリスとラースの目の前で、新たな命が生まれようとしていた。

それはとても神秘的な光景で、きっともう二度と見ることが叶わないだろうと言えるようなものだった。


「も、もしかして……聖獣が、新たに生まれようとしているの……？」

いや、まさかそんな。

信じられない。

「そうです。聖獣は、親がいるわけではないんです。ああして独りで生まれるんです」

アイリスの願望のような予想を、ラースが肯定した。

「ほ、本当に聖獣なのね……？」

「それは間違いないです」

アイリスの心臓が、緊張からドキドキと音を立てる。

今、歴史的な瞬間に立ち会っている。

しかし、隣にいるラースが神妙な顔をしている。じっと渦を見つめて、何かを考えているみたいだ。

「このままだと、力が足りずに消滅してしまいます」

「え⁉」

ラースの言葉に驚いて、アイリスは思わず大声を出してしまった。

すると集まっていた野生動物たちがこちらに気づいたようで、一斉に視線を向けてきた。その瞳に、思わず寒気が走る。

「——どうやら、いったん離れた方がよさそうですね。アイリス、しっかり掴まっていてください」

そう言って、ラースはアイリスの腰を抱き寄せる。

「ラース⁉」

アイリスがどういうことか確認するよりも早く、ラースは履いていた魔導具のブーツに力を込めて、跳び上がった。

「～～～っ!?」

突然のことに声にならない悲鳴をあげて、アイリスは無我夢中でラースにしがみつく。そうしなければ、木よりも高い場所から地面に落下してしまう。

パニック状態のアイリスと違い、ラースは冷静だ。

「下を見てください」

「え？　……動物が私たちのいたところに突進してる!?」

その光景を見て、一瞬で嫌な汗が噴き出る。もしあのままとどまっていたら、動物たちに襲われていただろう。

「今はひとまず帰りましょう。木の上をジャンプして戻るので、しっかり掴まっていてください」

「わ、わかったわ」

今のアイリスには、頷くだけで精いっぱいだった。

# 閑話　あの夜のこと

ラディアスとアイリスが聖なる森に入ったのを見送り、ヒューゴはほっと一息つく。

というのも昨日、宿を一部屋しか確保できなかったからだ。もしこのことでふたりが喧嘩《けんか》をしてしまったら……と心配していた。

（ラディアス様はアイリス様にご執心ですからね）

もし自分の失態でアイリスとの仲に亀裂が走っていたら、きっと首が飛んでいただろう。

＊＊＊

昨日、ヒューゴは宿の手配をミスしていると気づき真っ青になった。

元々小さな村なので宿は一軒しかなく、かといって突然どこかの家に世話になりたいとも言い難い状況だった。

（いきなり王太子を泊めてくれなんて言われたら、私だったら絶対に嫌だ）

ということもあって、途方に暮れていた。

（ラディアス様なら私たちと同じ野営テントでも問題ないだろうが……アイリス様も一緒だか

ら、体面を考えるとさすがに難しいか……？）

というのも、ヒューゴは元々ラディアスの側近だった。元々、というのはラディアスが身分を隠して過ごしていた時代のことだ。

その際は、ラディアスと一緒に野営をしたこともあるし、そもそも王族という身分を隠していたこともあり、出かけた先では安宿に泊まったこともある。

ラディアスもこの村に宿が一軒しかないことは知っているので、ヒューゴはどうにかアイリスを説得できているように祈るしかなかった。

ちなみに村長には挨拶に行っているが、家の大きさはほかの村人と同じくらいだったため、人を招く余裕はなさそうだった……と付け加えておこう。


それからしばらくして、ヒューゴが意を決してラディアスの元へ行くと、案外すんなりと事が運んだ。

ヒューゴとラディアス、ふたりで宿から出た。部屋にはもちろんアイリスを残している。扉の外には護衛騎士もいるので、危険が起こることもないだろう。

「……どのようにアイリス様を説得されたんですか？」

「そんな目で見てくるなんて、心外だなぁ」

ラディアスはふっと笑みを深くし、振り返って宿を見る。アイリスがいる部屋の明かりを見て、「おやすみなさい」と唇が動いた。

「別に、俺はもっとアイリスと一緒にいたいとアピールしただけですよ」

「つまり出ていけと言われるように仕向けたんですね」

確かにそうでもしなければ、アイリスは部屋をラディアスに譲っただろう。ヒューゴがその真意を告げると、ラディアスは何も言わないが、にこりと微笑んだ。

（ああもう、早く婚約でもしてくれたらいいのに）

ヒューゴはそう思わずにはいられなかった。

# それぞれの役割

村の宿に戻ってきたアイリスとラースは、人払いをしてふたりで話をすることにした。さすがに、あの状況を王族の許可なく誰かに伝えることはできない。

アイリスはラースを落ち着かせるため、珈琲を淹れた。

「ありがとうございます。アイリスの珈琲が飲めるなんて、嬉しいですね」

こんなときにもちょっとしたことで喜んでくれるラースは、何というか大物だとアイリスは思う。

「これくらい、いつでも淹れるわよ。それより問題は、さっき見た聖獣と野生動物たちよ。ラースはこの状況がどういうことかわかるの？　知っているなら、教えてほしいわ」

聖獣の誕生とはいえ、あの渦は何ともよくないものに見えた。もし、何かよくないことが聖獣に起こっているのだとしたら――助けたい。

アイリスの言葉に、ラースも真剣な目で頷いた。


今回のことを理解するには、聖獣と魔物の関係を知る必要がある。

この世界には魔物が生息し、瘴気が発せられている。それは覆すことのできない事実で、たとえ小さな子供でも恐ろしいことだと知っている。

魔物は人を襲って喰らい、今まで何度も人間を脅かしてきた存在だ。

では、聖獣とは何なのか。

今ではお伽噺や伝説の中でしか聖獣について触れられることはない。なぜなら時が経つにつれて聖獣という存在がいなくなってしまったからだ。


珈琲を一口飲んだラースが、ゆっくりと話をし始めた。

「元々魔物というのは、瘴気を浴びてしまった聖獣のことだったそうです」

「――！　魔物が聖獣だった……!?」

アイリスは信じられないと、目を大きく見開く。ラースはそれに頷いて、「遥か昔の話です」と言葉を続ける。

「俺たちが生まれるとか、国が建国されるとか、それよりずっとずっと昔の話だそうですよ。この国――オリオン王国ができた当初は、まだ聖獣も多少はいたみたいです」

「だからこの国には聖獣の伝説があるのね」

「そうです」

オリオン王国の初代国王は、聖獣と契約をして力を授けてもらったのだという。その力を使って魔物を倒し、大地を切り開きこの国を作り上げた――それが建国時の話だ。

そのため、王族は聖獣の加護を得ていると言われてきた。

「お伽噺じゃなくて、実話だったということなのね」

「ええ。俺の祖先にあたる王族は、この聖なる森を聖獣の住処と定め、代々守ってきたんです。ですが、いつしか王族は聖獣が住んでいるということを忘れてしまった」

王から子へ、聖獣がいるということを伝えられないときがあったのだろう。ラース曰く、ここ数十年は定期的な調査をするだけで、聖獣に関する話は一切ないという。

「自分たちに何かあったとき、最後の最後に避難できる場所——そんな風に思っているんでしょうね」

「確かに魔物が出ないのなら、王族の避難先としては最有力候補ね。結界があれば、敵も入ってくることはできないし……」

改めて、ものすごい場所があったものだとアイリスは思う。

「そして本題です。聖獣が生まれるとき、同時に瘴気も生まれるんです。アイリスも見たと思いますが、あの渦が瘴気です」

「やっぱりあれは瘴気だったのね⁉　でも、どうして……。あのままじゃ魔物になっちゃうんじゃないの⁉」

それならば、どうにかして助けなければとアイリスは思う。

「あのまま瘴気にあてられ続けたら魔物になります。ですが、聖獣は瘴気を食べて自分の力にすることができます。それによって、瘴気への耐性を獲得するんです」

しかし、とラースは続ける。

「年々瘴気の量が増えてきたこともあって、聖獣の力が弱まり……誕生時に発生する瘴気の量が聖獣の体内に取り込み切れないほどになっているんです」

アイリスは「そんな！」と声を荒らげる。

研究所で必死に瘴気について調べてはいるが、瘴気を減らすのはものすごく難しい。今すぐできることではない。

ないけれど――。

「瘴気を浄化するなら、聖属性――いえ、光属性の人がいればいいはずよ。それで聖獣の周りの瘴気を減らせば――」

「話は聞かせてもらいましたわ！」

アイリスが喋り終わるより前に、バァン！と勢いよく部屋のドアが開いた。そこにいたのは、シュゼットとルーベンだ。

「え……？」

思わずアイリスの目が点になる。

「な、何でシュゼット様とルーベン先生が……？」

まったくもって予想外の人物の登場により、アイリスの頭にクエスチョンマークが浮かぶ。

（ただでさえ大変なことになっているのに、どういうつもりなの？）

とてもではないが、面倒など見切れない。

アイリスが呆れた様子でシュゼットたちを見ていると、ラースが小さくため息をついて「見張りはヒューゴに任すべきだったか」と呟いた。

ドアの向こうには戸惑いを見せる騎士がいて、申し訳なさそうにこちらを見ている。どうやら、シュゼットの方が身分が上のため、強く止めることができなかったようだ。

「聖獣様の瘴気はわたくしが浄化してみせます！」

「あ……」

（そうか、シュゼット様はヒロインだからこの世界で一番瘴気を浄化する力がある……！　でも、彼女にお願いして大丈夫なのかは……わからない）

しかし聖獣を確実に助けるのならば、シュゼットの力があった方がいいことはわかりきっている。

アイリスがどうすべきかラースに視線を送ると、考える様子を見せつつも頷いた。シュゼットに任せてみていいと思っているようだ。

が、アイリスは聖なる森に入るためには許可証がいることを思い出す。

「シュゼット様、聖なる森に入るには許可証が――」

必要ですとアイリスが言い切るより先に、「もちろん持っています」とシュゼットが許可証を取り出した。国王陛下にもらってきたのだろう。

(用意周到ね……)

アイリスは思わず感心してしまった。


善は急げということで、アイリスたちは再び聖なる森の入り口にやってきた。時刻はもう少しで夕方というところだろうか。

「ラディ様、わたくしの浄化の力を見ていてくださいね！　力になってみせますから！」

シュゼットは聖なる森に入れることが嬉しいらしく、張り切っているようだ。

アイリスがラースに話しかけるシュゼットを見ていると、ルーベンが話しかけてきた。

「少しいいかい？」

「あ、はい。というか、ルーベン先生までいらしたのには驚きました。陛下の許可をいただいたのですか？」

「いや……どうにか許可をと思ったんだが、残念ながら立ち入る許可はもらえなかったんだ。代わりに、聖なる森で起こったことを見聞きし、それを本にする許可をいただいた。もちろん、検閲は入るけどね」

ルーベンはそう言うと、国王の署名が入った許可証を見せてくれた。

その許可証は魔法紙で発行された特別なもので、許可される項目とは別に、結んだ契約についても書かれている。

今回の契約では、検閲が入った事柄に関しては、一切の他言を禁じるというものだった。

つまりルーベンが許可を得ず聖獣が誕生したということや、今回聞いたことを口にすることは魔法によってできないということだ。

「……確かに本物ですね」

アイリスが確認して頷くと、ルーベンは「それで」と言いながらラースの方を見た。

ラースはシュゼットに纏《まと》わりつかれているが、それを一切無視して騎士たちに指示を出している。

森から戻る時間が遅くなるということがわかっているし、事によっては深夜や明日の戻りになる可能性もある。入り口で待ってくれている騎士たちには、いろいろなことを想定して指示しなければならないだろう。

「今のうちに、森の中であったことを教えてはくれないか？　もしかしたら、何か助言できることがあるかもしれない」

「確かに、ルーベン先生のお知恵をいただけるのは助かります」

契約もしているので問題ないだろうと判断し、アイリスは先ほどのことをルーベンに話した。

話を聞き終えたルーベンは、「なるほど」と頷く。

「……聖獣に関しては情報がなさすぎて何も言えないが、野生動物なら俺が対処できそうだ」

「本当ですか⁉」

ルーベンの言葉を聞き、アイリスの表情が明るくなる。

たとえシュゼットが瘴気をどうにかできても、浄化している最中に野生動物が襲ってきたらどうしようもないからだ。

ラースならば何かしらの対処はできるかもしれないが、さすがに数が多い。そう考えると、ルーベンが対処できるというのはとても心強い。

アイリスが対処方法をルーベンに尋ねようとしたら、ラースの「アイリス！」と呼ぶ声が耳に入った。

「あ……準備が終わったのね」

ラースはすでに騎士たちへの指示出しを終え、すぐにでも聖なる森に入れるようだ。

「はい。渦の状態があまりよくなかったので、できる限り急ぎたいです。準備はいいですか？」

「…………」

野生動物への対処方法をまだ聞いておらず、アイリスはどうしたものかと迷う。が、今は迷っている時間も惜しい。

アイリスは意を決して、持っていた聖なる森の調査許可証を取り出してルーベンとラースを見た。

「ラース。私の許可証を、ルーベン先生に渡すことはできないかしら」

「「――!?」」

アイリスの提案には、ラースとルーベンのふたりともが驚いた。けれどそれには気づかなかった振りをして、アイリスは自分の考えを述べる。

「今の私には、聖なる森に入ってもできることは何もないわ。野生動物に対処したり戦ったりすることはもちろん、瘴気を浄化することもできない。だけど、ルーベン先生なら野性動物への対処ができるわ。私が行くより、ルーベン先生が行く方がいいと思うの」

「私は賛成です！」

一番に賛成と告げたのは、シュゼットだ。

「この国の宝である聖獣の誕生は、一刻を争います。必要な人間が向かい、迅速な対応をするのが一番だと思います!!」

シュゼットの言葉は正論だが、何もできないアイリスの胸には刺さるものがある。俯きたい衝動に駆られてしまうけれど、そんな暇はないのだ。

アイリスはラースの元へ行って、ぎゅっとその手を握りしめた。

「お願い、ラース。私の代わりに……聖獣を救ってきて」

それはアイリスの心からの願いだった。

自分にそれができないことが悔しくて仕方ない。今のアイリスにできることは、ラースに託して待つことだけだ。

「アイリス……。わかりました。それがアイリスの望みなら、必ず聖獣を助けて戻ってきます」

「ええ、お願い」

ラースがアイリスの手を握り返して、「大丈夫ですよ」と微笑む。

しかしすぐにシュゼットがやってきてラースの腕を掴んだ。そして勝ち誇るような笑みで、アイリスを見る。

「ふふっ、神託の乙女のわたくしに任せてくださいなっ。さあ行きましょう、ラディ様！」

「状況を考えると、時間との勝負ですね」

ルーベンもすぐにアイリスから許可証を受け取り、「任せてください！」と聖なる森へ向かい始めた。

「お願いね、ラース！」

「――はい！」

聖なる森の奥へ向かうラースたちを見送りながら、アイリスはみんなが無事に帰ってきますようにと祈りを捧げることしかできなかった。

# 閑話　シュゼットの企み

ああ、とても上手くいった。

シュゼットはラディアス、ルーベンと三人で聖なる森を歩きながらほくそ笑む。

（どうやって邪魔なアイリスを排除しようかと思っていたけど、こうも簡単に事が運ぶなんて）

すべてが終わる頃には、きっとラディアスも自分に夢中になるだろう。何といっても、シュゼットはヒロインなのだから。

これもそれも、いろいろタイミングがよかったからだ。

シュゼットは街でルーベンと出会ったことを思い出す。


王城で神託が下ったと告げ、ラディアスを追って聖なる森へ数人の護衛騎士と共に向かったシュゼット。しかしラディアスと一緒にいる女――アイリスは邪魔だった。

近くの村に到着し、さてどうしようか……と考えているところでルーベンと出会ったのだ。

「聖なる森は向こうにある森なんですね、ありがとうございます‼」

（え、聖なる森？）

村人に森の場所を聞いているルーベンを見つけたのだ。

騎士服でもないので、シュゼットにはルーベンが何者かわからなかった。しかし首を傾げると、護衛騎士が「あれは……」と説明してくれた。

(誰だろう?)

「確か、王宮魔獣研究所に来ている作家だとか。魔物の研究をしているので、聖なる森に興味があるらしいですね。いろいろ手を尽くして聖なる森に入る許可を求めていましたが、さすがにそれは無理で、許可を得ている人から話を聞くだけという許可を出されていると聞きました」

「へぇ……」

入れないのか、とシュゼットは興味なさげにルーベンをスルーしようとして、はたと気づいて護衛騎士を見る。

「ねえ、森に入るには王族の許可があればいいのよね?」

「そうです。王族から許可を得て、発行してもらった許可証がなければ入れません」

「なるほど!」

つまり入っていいと口頭で許可をもらうだけでは駄目なようだ。口頭で許可を得て、その上で許可証が必要になる。

シュゼットは「ちょうどいいかも」とにんまり笑って、ルーベンに声をかけた。

（ルーベンにアイリスの許可証を……っていう私の作戦は見事に成功したのに、何なのよこの状況は‼）

アイリスの許可証をルーベンに譲らせるところまでは上手くいった。しかし森の中に足を踏み入れ、少し歩き始めたら状況が一変してしまったのだ。

「はあああ、聖なる森に入ることができるなんて、本当に本当に嬉しいです！　ここには魔物が出ないというだけでも不思議ですが、聖獣がいるかもしれないと思うと……何といいますか、聖獣の住まう地に自分がいることがうんたらかんたら」

（この人、お喋りが止まらないんだけど⁉）


森に入ってからは、ずっとルーベンのターンだった。

きょろきょろ周囲を見回してぱあっと表情を輝かせ、聖なる森の素晴らしさを語っている。

シュゼットにはそんなことはどうでもいいので、黙ってくれとしか思えない。

（わたくしはラディ様と話をしたいのに！）

まったく口をはさむ隙がない。

しかし変にルーベンの話に割って入ってラディアスに嫌われでもしたら大変だ。そのため、今は大人しくしている。

ラディアスはといえば、ルーベンの話に「そうですね」「なるほど」「はい」などと相槌を打っている。

（……もしかしてラディ様、ルーベンのことをあまりよく思っていない？）

シュゼットがそんなことを考えていると、ラディアスが足を止めて「そろそろです」と前を見る。

「――！　確かに野生動物の気配が濃くなってきましたね」

「わたくしの出番ですね」

この先に、浄化してほしい瘴気があるのだろう。それがわかったシュゼットは、「任せてくださいませ」とラディアスに微笑んだ。

（いまいち状況はわからないけど、聖なる力で瘴気を浄化すればいいんでしょ？　いつもやってることと同じだし、わたくしには朝飯前だわ）

シュゼットがふふっと笑って胸を張ろうとした瞬間、ぐいっと腕を引っ張られた。ルーベンだ。

「危ない‼」

「――⁉」

自分がいた場所を見ると、大きなイノシシが突進してきていて、細い木を倒していた。もし当たっていたら、軽い怪我では済まなかっただろう。

「あ……ありがとうございます」

ドクドクドクと心臓が嫌な音を立て、背中に汗が伝う。

「シュゼット嬢は瘴気の浄化を！　ルーベンは俺と一緒に野生動物の対応を！」

「……っ！」

「はい‼」

ラディアスの声に、シュゼットは言葉にならない声をあげる。見ると、数十メートル向こうに黒い靄《もや》のようなものが見える。

（あれが瘴気？　っていうか、誰もわたくしを守ってくれないの⁉）

今までシュゼットが戦うときは、必ず攻略対象キャラクターが側にいて守ってくれていた。

しかしラディアスもルーベンも、シュゼットを守ろうとはしていない。

（野生動物の対応って……確かに必要かもしれないけど‼　わたくしを守る方が大事じゃないの⁉）

ルーベンが軽やかにイノシシの突進を躱《かわ》すと、「シュゼット様！」と叫ぶ。

「早く瘴気の浄化をしてください！　このままでは、野生動物たちにも悪影響が出ますし、それに周囲の状況も変化していきます！」

「え⁉」

そう言われて、シュゼットは初めて周囲の薄暗さが増していることに気づく。何となく肌寒さも感じる。

守ってほしいなんて言っているような余裕はなかった。

（適当に、ラディ様と仲良くなるだけの予定だったのに……！）

そう思いながらも、シュゼットは仕方なく足を動かした。このままだと、自分も野生動物にやられてしまうかもしれないからだ。

「聖なる力よ、悪しき瘴気を浄化しこの森に本来の美しさを——‼」

そうしてシュゼットの声が森に響き、聖なる光が瞬いた。

# 瘴気を纏いし聖獣

「どうぞ、温かいお茶です」

アイリスが丸太に座って聖なる森を見つめていると、ヒューゴがお茶を持ってきてくれた。

気づけば夕日は沈み、少しばかり肌寒くなってきている。

「ありがとうございます、ヒューゴ様」

「いえ。私は詳細を聞いてはいませんが、大変なことが起きているということはわかりますから……」

ヒューゴは苦笑しつつ、「自分にももっと力があれば協力できたかもしれないんですが……」と無力さを嘆く。

しかしそれはアイリスも一緒で、今は待つことしかできない。

「……早く無事に帰ってきてくれるといいですね」

「ええ」

アイリスの呟きに、ヒューゴは静かに頷いた。

それからどれくらい、聖なる森の入り口で待っただろうか。体感では数時間ほどだが、実際にはまだ一時間と少しだ。

（一時間もあれば、聖獣の泉に到着してるはず）

きっと今、三人が聖獣を救うために精一杯戦っているのだろう。

アイリスはいてもたってもいられなくなり、座っていた丸太から立ち上がる。そして森を見つめて、手を組んだ。

（お願いします、女神リリーディア。どうか無事に聖獣を助け、三人が怪我なく戻ってこられますように……）

悪役令嬢なのにこの世界の女神に祈るのは滑稽かもしれないけれど、今は祈らずにはいられなかった。

すると突然大地が揺れて、アイリスは転びそうになる。慌てて安全のためにしゃがみ込むと、聖なる森の上にぶわっと黒い渦が出現した。

「――!?　あれは、聖獣が生まれるはずの瘴気の渦……？」

アイリスの顔からさあぁっと血の気が引く。

（どうして!?　あれはシュゼット様が浄化するって言ってたはずじゃなかった!?　もしかして、失敗――!?）

嫌な考えが脳裏をよぎる。

森の入り口で待機していた護衛騎士たちにも動揺が走る。「こんなときの指示はないぞ!?」

「どうすればいいんだ」と困惑の声があがっている。

そんな中、どうにか指示を出しているのはヒューゴだ。

「不測の事態ではあるが、うろたえるな！　すぐにでも対応できるよう、周囲の状況はよく確認しておくんだ。指示した者は森の外周を馬で走って確認に行け！」

「「はっ！」」

すぐに騎士たちの動揺が収まったのを見て、アイリスはヒューゴの指示に感心する。ひとまず騎士たちの混乱は問題なさそうだ。

（それより問題なのは、森の中よ。いったいどうなってるっていうの⁉）

アイリスの許可証はルーベンに渡してしまったので、入ることができない。中の状況がわからないことが酷くもどかしい。

しかし次の瞬間、シュゼットの「きゃあああぁぁ！」という甲高い悲鳴がこだました。何かあったのは間違いないようだ。

「どうなってるのよ……！」

アイリスは地団駄を踏みながらも、どうにか耐えて目をつぶる。少しでも音に集中して、ラースたちの声が聞こえないかと耳を澄ました。

（駄目、聞こえない！）

そう思ったが、悲鳴にならない、低いラースのうめき声が……ほんのわずかだが、アイリスの耳に届いた。届いてしまった。

「――っ、ラース‼」

ラースに何かあったと思ったら、いてもたってもいられなかった。アイリスは何も考えず、聖なる森へ飛び込むように足を踏み入れた。

助けに行かなければという一心で。

「アイリス様！　結界が――っ⁉」

ヒューゴの叫び声を聞き、結界に弾かれると思ったときにはもう、アイリスの足は地面を強く蹴り上げていた。

（やばい、結界に弾かれる！）

アイリスはくるであろう衝撃に備えて目を閉じたけれど、その衝撃はこなかった。なぜなら、何なく結界を越えてしまったからだ。

「……え？」

意味がわからないと、アイリスは周囲を見る。が、別段変わったところはないように見える。

「も、もしかしてさっきの衝撃か何かで森の結界が消えたのか……？」

ヒューゴはそう推測して、おそるおそる聖なる森へ足を踏み入れたが――バチッと足が結界に弾かれてしまった。

どうやら結界が消えたわけではないみたいだ。

「……?」

アイリスも、ヒューゴも、騎士たちも、わけがわからなかった。

ただひとつわかることは――アイリスはラースを助けに行けるということだ。このチャンスをみすみす逃すわけにはいかない。

アイリスはすぐに森の奥を見据えて、駆け出した。


森の中を進むほど、渦の色が黒々しさを増し空気が重くなっていく。

(ラースたちは、こんな中にいるの……?)

瘴気があるからなのか、どうにも肌寒い。

「早くみんなと合流しなきゃ。ラース! ルーベン先生! シュゼット様! 誰か、誰かいませんかー!?」

アイリスが叫んでみるも、誰の反応もない。近くにはいないようだ。

「どうしよう……。とりあえず、聖獣の泉の方に行ってみよう」

目的地を知っているのだから、その途中で合流できるはずだとアイリスは考える。迷っている時間はない。

聖獣の泉へ向かう道中は、興奮している野生動物が多くいた。襲われることはなかったけれど、こちらから手を出せば反撃されただろう。

しかし怖いと思っている暇はない。

アイリスがそう考えていると、再び「いやあぁぁっ！」というシュゼットの悲鳴が聞こえた。続けざまに「うわぁっ」と叫んだのはきっとルーベンだろう。

「あっちね！」

アイリスはなりふり構わず走り出して、「ラース！　シュゼット様！　ルーベン先生！」と名前を呼ぶ。

（どこにいるの⁉）

――見つからない。

しかしそう思った瞬間、シュゼットと、それを追いかける渦がアイリスの視界に飛び込んできた。

いや、渦ではなく――渦が体に纏わりついている白い聖獣だ。

「え……⁉」

「……！　アイリス、何であなたがここに⁉」

余裕がなくなっているシュゼットは、乱雑な言葉づかいでアイリスに問いかける。しかし今はそれどころではないと気づいて、「逃げるわよ！」と走り続ける。

「シュゼット様、いったい何があったんですか⁉　浄化はできなかったんですか⁉」

「できたわよ！　だけど、どうしてかわからないけど、聖獣が瘴気に負けちゃったのよ‼」

シュゼットの浄化は成功し、失敗はしなかったと叫ぶ。しかし現に、聖獣は瘴気を纏って追いかけてきているわけで。

「このままだと、魔物になるってこと……よね⁉　シュゼット様、何とかしてふたりで聖獣を浄化しましょう！　時間がないです‼」

アイリスは走るシュゼットの腕を掴んで止めようとしたが、「ふざけないで！」と怒鳴られてしまう。

「救いたいなら、あなたがひとりでやればいいじゃない！　悪役令嬢のくせに、慈愛に満ちてるのね‼」

そう言うと、シュゼットは勢いよくアイリスの背中を押して瘴気を纏った聖獣の前へ突き飛ばした。

「いい子ちゃんのあんたは、そのまま聖獣の世話をすればいいのよ‼」

「――っ⁉」

シュゼットは捨て台詞をはくと、そのまま走り去ってしまった。アイリスがひとり、瘴気を纏った聖獣と対峙する。

怖くて逃げたい衝動に駆られるけれど、ここでアイリスが逃げたらきっと聖獣を救うことはできないだろう。アイリスはぐっと拳を握りしめて、立ち上がる。

『グルルルッ』

「大丈夫、絶対に私が助けてみせるから……！」

しかしそう宣言したものの、瘴気を纏った聖獣の助け方なんてわからない。聖獣の知識があるラースも、今はいない。

（実は絶体絶命なのかもしれないわね）

アイリスの額に冷や汗が流れるが、それを拭う余裕もない。

『ガウッ！』

「きゃっ！」

聖獣が牙をむいてアイリスに襲いかかってきた。アイリスは地面を転がるように避けて、どうにか事なきを得る。

しかしそう何度も上手く避けることなんてできるわけがない。

（やばいやばいやばいやばい！）

アイリスは震える足になんとか力を入れて立ち上がり、どうにかしてラースと合流できないかと考える。

「とはいえ、さすがにこの状況で逃げたりするのは無理か」

聖獣のターゲットとして、アイリスはロックオンされてしまっている。

『ガウウッ！』

「――っ！　しまった――！」

再び聖獣が飛びかかってきたので避けようとしたが、今回は反応が遅れて聖獣にのしかかられてしまった。

まだ子犬ほどの大きさしかないというのに、その力は成犬以上だ。さらに力が強くなっていき――と思いきや、なぜか聖獣から力が抜けていくのをアイリスは感じた。

（え？　どういうこと……？）

アイリスが聖獣の顔を見ると、何かと戦っているような、そんな葛藤の表情を浮かべていた。

それを見て、アイリスはハッとする。

「もしかして、自身の瘴気と戦ってる……？」

『グウゥ』

必死に堪えているような聖獣は、生きるために抗っているのだ。

（悪役令嬢の運命から逃げようとしてた私みたい――）

そんな風に思ってしまい、アイリスの目尻に涙が浮かぶ。

「私が、君が生きる手助けをできたらいいのに」

そう思うと、衝動的に聖獣を抱きしめていた。

ほとんど意識しないままにしてしまった行動で、アイリス自身も驚いてしまったが――離すことはしない。

「大丈夫よ、私がついてる。瘴気になんて負けないで……！」

そう告げたアイリスの瞳から一粒の涙が聖獣の額へ零れ落ちた。すると、そこを中心にどんどん瘴気が治まっていく。

「え……!? どういうこと!?」

突然起こった現象にアイリスが戸惑っていると、腕の中にいた聖獣が『ガアアァアッ』と一際大きな声をあげた。

先ほどと違い体に瘴気は纏っておらず、聖獣の毛並みは輝く銀色だ。神々しいその姿に思わず目を奪われるが、すぐに自分を睨む鋭い瞳と目が合いひっと息を呑む。

『グルゥ……』

「嘘……瘴気がなくなったのに……！」

もう手遅れだったのだろうかとアイリスは絶望する。

「はっ、は、あ……」

聖獣が大きな口を開けると、鋭い牙が見える。

アイリスはガクガクと震えが止まらなくなって、もう駄目だとぎゅっと目をつぶった瞬間——安心する香りに包まれた。

ふわりと後ろから抱きしめられていることに気づく。

「銀に輝く聖獣よ。その血と肉に我が金の契約を行う。命《めい》に従い意志を持て！」

低く静かに、けれど力強く告げた声はアイリスにとって安心できるものだった。

ラースの言葉が聖獣に届くと、金色の光が降り注ぎ、それが体の中に吸収されていく。キラキラ輝くその様子はとても神秘的だ。

聖獣は、安らかな表情で瞳を閉じた。

「……っ、ラース！」

「遅くなってすみません、アイリス。間に合ってよかった」

そう言って、ラースは力強くアイリスを抱きしめた。もう絶対に離さないというような、力強さを感じる。

「大丈夫、私は大丈夫よ。助けてくれてありがとう、ラース」

「アイリス……涙が」

「あ……」

瘴気に侵された聖獣に恐れて零れた涙は、まだはらはらとアイリスの頬を伝っている。無事

だということがわかったので、安堵の涙に変わったようだ。

アイリスは苦笑して、「みっともないわね」と涙を拭おうとするが……その手を止められた。

もちろん犯人はラースだ。

「みっともなくなんかないです。アイリスの涙はすごく綺麗で、ずっと見ていたいくらいですし……美味しそうです」

「え――」


ちゅ、と。


ラースの唇が近づいてきて、アイリスの涙を受け止めた。

「ちょ、ラース⁉」

「ああ、すみません。アイリスの涙を見たら、どうにもぞくぞくしてしまって。駄目だとわかってます。泣きやんでほしいのに、でも、もっと泣き顔を見たいとも思ってしまって」

止まりません、と。

ラースの唇が、アイリスが生きていることを確かめるかのように、何度も何度もキスをしてくる。

「ん、ラース、私は……っん！」

「アイリスの涙、美味しいです」

「〜〜〜〜っ！」

拒もうと思っても、ラースに両の手の指先をその指で絡め取られてしまい抵抗ができない。

（このままじゃ、好き勝手されちゃう……！）

「ラース！」

「――っ！」

アイリスがラースを離そうとすると、一瞬その表情を歪めた。どうやら触れていた腕に怪我をしているようで、血がにじんでいる。

「これ、怪我してるじゃない……‼」

「止血はしたので、大丈夫ですよ。問題ありません」

あっけらかんとした口調で言うけれど、あまり長時間このままにしておくのはよくないだろう。すぐにでも戻るべきだ。

「とりあえず一回立って――」

森から出ようと、そう言う前に抱きしめ直されてしまった。

怪我をしている相手の腕を無理やりほどくこともできず、アイリスは顔をしかめる。が、耳元に掠れるようなラースの声が落ちてきた。

「……生きててよかった」

「あ……」

ラースがあと一歩遅ければ、アイリスは瘴気にやられた聖獣に噛み殺されていただろう。

(気づかなかったけど、ラース、少し震えてる)

アイリスに気づいたラースは、きっと必死で駆けつけてくれたのだろう。よく見ると、森の中をがむしゃらに走ったせいでいたるところに小さな傷もできている。

「ラース……」

「……アイリス?」

名前を呼ぶと、ラースがわずかに顔を離してアイリスを見た。けれど離れがたいからか、ほとんど額同士がくっついている距離だ。

アイリスはラースの手をぎゅっと握りしめて、微笑む。

「助けてくれてありがとう、ラース。来てくれて嬉しかった」

「……っ、アイリス」

もう一度「ラース」と名前を呼ぶと、ラースの瞳からもはらはらと涙が落ちる。

「よかった。俺は、アイリスがいなくなったら生きていけないです」

「ラースのおかげでちゃんと生きてるわ」

どうしようか迷いつつも、アイリスは泣いてしまったラースの頬に触れるだけのキスをする。

「――え」

アイリスの突然の行動に、ラースはこれでもかと目を見開いた。アイリスから何か行動を起こしてもらえるなど、微塵も考えていなかったのだろう。

「ふふ、しょっぱいわね」

「そりゃあ、俺の涙はアイリスの涙とは違いますから……」

「ちょっと、それじゃあ私の涙はしょっぱくないみたいじゃない」

いったい何を言っているのかと、アイリスは頭が痛くなる。

「アイリスの涙は、とろけるくらい甘いです。どんな砂糖菓子より極上の甘味です。天使の雫と言えばいいでしょうか」

「それ以上は言わなくていいわ」

このまま聞き続けたら羞恥で顔が爆発してしまいそうだ。


しばらくふたりで泣いて、何となく抱き合って、アイリスははたと思い出した。

「そうだ、聖獣は!?」

ラースの行動に動揺しすぎて、聖獣のことをすっかり失念してしまった。

アイリスが周囲を見回すと、すぐ近くで豹に似た銀色の聖獣が丸まってすやすや眠っているのが目に入る。

「あ……。よかった」

側に行こう、と思いアイリスが動こうとするも、後ろからラースに抱きしめられていて身動きが取れない。

「もう襲ってくることはないですよ。聖獣として生きていますし、契約を結びましたから」

「そうなのね。というか、契約なんてできるのね……」

アイリスは目をぱちくりさせて、まるでチートだと思う。

聖獣は気持ちよさそうに寝ていて、先ほどまでの苦しそうな雰囲気はない。赤ちゃんの聖獣はとても可愛らしく、アイリスの庇護欲を掻き立てる。

「……触りたいですか？　アイリス」

「――‼」

ふいに問いかけてきたラースの言葉に、ドキリとする。

（うう、私がもふもふ好きだってばれてるから！）

でもしかし！　あんなに可愛い赤ちゃんの聖獣は、誰だって愛らしいと思うはずだ。アイリスでなくてももふもふして撫でてあげたいはずだ。

「撫でたいわ‼」

「……ふっ、まさかそこまで正直に言われるとは」

アイリスが欲望のままに告げた結果、ラースに笑われた。声を押し殺すことなく、あははと笑うラースはとても楽しそうだ。

「何よぉ……」

「いえ、素直なアイリスが可愛くて。仕事中のクールなアイリスもいいですけど、俺の前で見せてくれる可愛いアイリスも……うぐぐっ」

「恥ずかしくなるから、言わないで！」

放っておくとこのままずっと喋り続けそうなラースの口を、アイリスが両手のひらで塞ぐ。これで喋れまいと、ふふっと笑ってみせたのだが――ぺろりと手のひらを舐められた。

「ひゃぁっ！」

すぐさまラースの口から手を離して、真っ赤な顔で睨みつける。

「いきなり何するのよ」

「いえ、口の前にご馳走があったのでつい」

ご馳走じゃない‼と叫ぼうとして、しかしラースには何を言ってもどうしようもないと諦めてアイリスは立ち上がる。

「ねえ、聖獣に触れても大丈夫かしら？」

「大丈夫ですよ」

「そうなのね」

アイリスが聖獣のところに行って膝をつくと、ラースも隣に来てくれた。一緒に聖獣の顔を覗き込むと可愛い寝顔が見える。

(はぁぁっ、可愛い!)

思わずきゅんとしてしまう。

おそるおそる手を伸ばして触れてみると、ふかふかの毛に手が埋まっていく。あまりの柔らかさに、驚いて声がでない。

「は……すごい、すごいわラース。聖獣の毛って、どうしてこんなに触り心地がいいのかしら。ずっと触れていたいくらい」

「この子は生まれたばかりでもありますしね」

そう言うと、ラースも聖獣に触れた。

「可愛いですね」

「ええ」

それからしばらく撫でて、聖獣の可愛さを堪能してしまった。

「さてと……。本来であればみんなと合流するのがいいかもしれませんけど、この時間ですからね」

「あ……」

元々ここへ来たのが夕方になってからだったこともあり、もう辺りは真っ暗闇になっている。明かりがほぼない状況で動くことが危険なのは、アイリスにもわかる。

「だけど、ラースの腕の怪我を治療しなきゃいけないでしょう？　ポーションは――ごめんなさい、持ってなかったわ」

（私、荷物ひとつ持たずに来ちゃったのね）

準備していた荷物を持っていれば、明かりの魔導具やちょっとした食料、上着などが入っていたというのに。

「怪我は大したことないので、問題ないです。今は朝まで待ちましょう」

「魔物がいないとはいえ、野生動物はいるものね。危険なような気もするけど……この子をここに置いておくのも……」

周囲の暗さと時間帯ももちろんそうなのだが、アイリスは聖獣のことも心配だった。

「そもそも、契約したらどうなるの……？」

「簡単に言うと、俺が使役するというかたちになりますね。なので、俺と一緒に王城に来てもらうのがいいと思います」

ラースの言葉に、アイリスは「えっ⁉」と歓喜の声をあげる。

「連れて帰るの⁉　この子‼」

「俺が助けたときより嬉しそうじゃないですか……？」

アイリスのテンションが一気に上がったのを見て、ラースが子供のように不貞腐れてしまう。

が、嬉しいものはどうしようもない。

「ラースだって、ちゃんと可愛いわよ？」

苦笑しつつラースの頭を撫でると、「もっとお願いします」と要求される。

（何だか、どんどんわがままになってる気がするわ）

ちょいちょいっと少しだけラースを撫でて、アイリスはほかにも気になっていたことがあったので疑問を口にする。

「私、聖なる森に入る許可証を持ってないのに入れたのよ。それに、この子にも変化が起きたというか……」

悪役令嬢の自分に何か力があるとはあまり思えないけれど、この短時間で不可解なことがいくつか起こった。

「ああ、それはルイの加護でしょうね」

「ルイの加護？」

ラースは頷いて、ルイのことを話してくれた。

「俺がルイと会ったのは、十歳くらいのときだったでしょうか……」

＊＊＊

聖なる森は、聖獣の住処。

聖獣はいつもいた。

ただ、人間の前に姿を現すかは別問題だ。

金の瞳を持つ者か、それともよほど気に入った者か、そういった人物の前にしかその神々しい姿を現すことはない。


幼いラースはひとりで聖なる森にやってきていた。

その理由は、金色の瞳について書かれていた書物を読んだからだ。お伽噺だろうとは思っていたけれど、それでも来たのは——自分以外に金色の瞳を持つ人間がいなかったから。

聖なる森は魔物がいない安全な森だった。

野生動物はいたけれど、ラースに襲いかかってくることはない。だからきっと安心しきっていたのだろうと思う。

ふいに目の前に現れた、一頭の真っ黒な獣に——。

「……っ！　ま、魔物⁉」

ラースは慌てて逃げようとしたが、その獣は一瞬で地面を蹴り、ラースの元までやってきた。

そして逃がさないぞというように、低く吠える。

『グルオォォォッ』

「うわっ！」

このまま喰われる！　そう思ったラースだったが、しかし耳に自分のわかる言葉が聞こえてきた。

『――オレを殺せ』

「え……？」

ラース以外に、人はいない。

（もしかして、この魔物が喋ってる……？）

目の前の獣が、何の動物なのか、魔物なのか、利発なラースにもわからなかった。ただわかることといえば、とても苦しそうということだろうか。

（どういうこと？　魔物や動物と会話なんて――せい、じゅう……？）

自分がこの聖なる森に来たのは、聖獣がいるかもしれないと思ったのも理由のひとつだ。

王族しか入れない聖なる森、喋れる獣、金色の瞳を持つ自分。

まるで、お伽噺のようだ。

「だけど、殺すのは悲しいよ……」

絵本だったなら、きっとこの獣は助かるだろうとラースは思う。しかし幼いラースには、どうすれば獣を助けられるかわからない。

ラースが考えている間にも、獣は苦しそうに呻き、暴れ出しそうな己を押さえ込んでいる。

「と、とりあえず光魔法で……回復と瘴気の浄化！」

悪いことはないだろうから、とりあえずやってしまえ！とラースが魔法を使う。すると、獣が一瞬その表情を柔らかくし――体から黒い靄が抜けていく。

それを見たラースはハッとして、何度も獣を浄化した。そして何回か浄化した後、その獣――ルイに契約の方法を教えてもらった。

『……まさか助かるとは思わなかった。感謝する、金の瞳を持つ人の子よ』

「助かってよかったです。でも、どうしてこんなことに？」

ラースが質問すると、ルイはこの世界に魔物が増えつつあることを話してくれた。同時に、その分だけ瘴気が増えていることも。

『このままだと、この国が瘴気に呑まれる。だから、ある程度の瘴気をこの身に取り込もうとしたんだが……量が多すぎてこのざまだ』

綺麗な金色だった毛並みも、瘴気のせいで黒く濁ってしまった。

ルイは一瞬だけ悲しそうな顔をしてみせたが、すぐ『まあ、生きているからいいか！』とあっけらかんと笑った。

「そうだったんですか」

『お前は次期国王だろう？　オレがついててやるから、しっかり国を守るんだぞ！』

「え」

突然の次期国王宣言に、ラースは戸惑う。

「僕は嫌われてるから、王になるのは無理だと思う」

ラースが苦笑しながら告げると、ルイは『ふむ？』と首を傾げた。しかしすぐに、ククッと笑う。

『今はそれでもいい。だが、きっと王になるだろう。だからオレは、お前が選ぶたったひとりの伴侶に加護をくれてやろう』

「でしたらアイリスにお願いします」

即答だった。

『あ、あいりす？』

ついさっきまでの遠慮がちな姿はどこにもなかった。

「アイリスは僕の天使です。この世の女神です。彼女の幸せが僕のすべてで、彼女が笑ってくれていたら僕はとても幸せなんです」

『……そ、そうか』

ラースの言葉に圧倒されつつも、たったひとりに与える加護の相手にしたいのならいいだろうとルイは了承した。

そして数年が経ち、実際アイリスに会ってルイが懐くのは――また別の話だ。

＊＊＊

「という感じです」

「……待って、最後にものすごい爆弾があった気がするんだけど？」

ラースの説明を聞いて、アイリスは頭を抱えずにいられなかった。

（王の伴侶たったひとりにだけ授けられる加護が、すでに私にあっているの⁉）

伴侶になるどころか、クリストファーの婚約者だったというのに。

（でも、それでも実行しちゃうのがラースなのよね）

アイリスはため息を吐きつつ、このことは考えないことにした。今更考えてもどうしようもないし、ラースの態度も変わらないからだ。

「ルイの加護があったので、アイリスは許可証なんてなくてもここに入れたんですよ」

「……そう」

聞きたかったような、聞きたくなかったような、何とも言えない気持ちだ。

（王族しか入れない場所に、王族じゃない私が自由に入れるなんて……）

悩んでいるアイリスとは対照的に、ラースはあっけらかんとしている。まったく気にしていないみたいだ。

「あ、起きたみたいですね」

「え？」

ふいに告げられたラースの言葉に、アイリスがきょとんとするのと同時に、聖獣がもぞもぞっと動いた。

『ふあぁ～』

大きな口で欠伸をして、パッチリした金色の瞳を見せた。つぶらな瞳が可愛くて、おでこのところは寝癖なのか、少し毛が跳ねている。

が、そんなところもとても可愛い。

「あああっ、可愛いわ。ね、ラース」

「はい」

アイリスがラースの服の裾を掴んで破顔すると、嬉しそうに頷いてくれた。

「お前の名前はハクアです。俺とアイリスが主人なので、言うことをよく聞いてくださいね」

「私も⁉」

『は～い！』

聖獣の子――ハクアは元気に返事をした。まだ短い手を必死に伸ばす様子に、アイリスはメロメロになってしまう。

（やっぱり主人でいいかも……）

とアイリスが思ってしまうほどに。

ハクアはアイリスの足元にすりりとすり寄ってきて、『えへへ』と笑う。

『さっきまで、すごく苦しかったの。助けてくれてありがとう』

「いいえ。ハクアが無事でよかったわ」

アイリスが懐いてくれたハクアの頭を撫でると、嬉しそうに『もっと！』と言ってくれる。

「うう、可愛いわ」

顔がにやけてしまいそうで、アイリスは顔を押さえるのだった。


ハクアがアイリスとラースに甘えて落ち着くと、周囲をキョロキョロ見回した。そして声高らかに叫ぶ。

『光よ！』

すると、ハクアの周囲に光の玉が現れて辺りを照らした。

「わ、すごいわ！」

『えへへ～！』

アイリスが褒めるとハクアが嬉しそうにはにかんで笑う。褒められるのがとっても嬉しいのだろう。

「これだけ明るかったら、みんなと合流できるんじゃないかしら？」

「そうですね、野宿せずにすみそうです。……ひとまず森の外へ出ましょうか。アイリスに夜中の森をずっと歩かせるわけにはいきませんから」

合流するにしても、もしかしたら森から自力で出ている可能性もある。

これだけは譲れません、というキラキラした笑顔のラースに――アイリスは「はい」以外の返事はできそうになかった。

# 閑話　勘違い

聖獣騒動から一夜明け――どうにか帰路に着くことができた。

アイリスとラースは同じ馬車ですぐ王城に帰り、シュゼットはひどく憔悴しきった様子だったため数日村の宿に滞在し、ルーベンは馬で駆けて帰った。

シュゼットにいたっては、怖かったのか、それとも何か上手くいかなかったからなのか、アイリスのことを酷く睨んでいた。

ラースが「対処しておきます」と言っていたのも、さらに怖かったが……彼女のせいで断罪されたアイリスは助ける気にはならなかった。

というのも、シュゼットはアイリスと同じで前世が日本人の記憶を持つ転生者だ。ヒロインになったこともあり、自由に――好きに生きていた。

最終的にメイン攻略対象のクリストファーと結ばれる、というだけでは飽き足らず、アイリスを死刑にまで追い込もうとしていたからだ。


アイリスは寮の自室で、便箋にペンを走らせる。

というのも、ラースがアイリスに休むように言ってきかないからだ。後処理はすべて自分がやるので、森での疲れを癒やしてくれ――と。

「確かに森では大変な思いをしたけど、それはラースだって同じじゃない。……同じじゃないわね。遥かにラースの方が大変だったもの」

肝心なところで多少は役に立ったかもしれないけれど、それでも……野生動物の対処をしてくれたルーベンの功績だって大きいし、一応は瘴気を浄化してくれたシュゼットのおかげでハクアが助かったのかもしれないのだ。

「何だか私、あんまり役に立ってないのかも？」

そんな風に思ってしまう。

せめて報告書を、と考えてみたものの、王族案件だから任せるようにとラースに言われてしまえば、アイリスにはどうしようもない。

なので仕方なく、部屋で手紙をしたためているわけなのだ。

「よし、書き終わった！　ラースからの連絡はまだないから……仕方ないわね。ひとりで行っちゃいましょう」

アイリスは上着を羽織り、寮を出た。


十五分ほど歩いてやってきたのは、魔獣舎だ。

周囲に誰もいないことを確認してから中に入り、「ルイ～！」と声をかける。今回のことを一番知りたがっているのは、きっとルイだろう。

『アイリスか‼』

すぐにルイの返事が聞こえて、アイリスはふふっと笑う。

「ただいま、ルイ！」

アイリスはすぐルイの元へ行って、ぎゅ～っと首元に抱きついた。もふもふのふわふわで、抱きつくと本当に心地よい。

『まったく、心配したぞ！　聖獣が生まれていたとは！』

「え、知ってたの？」

『気配でわかった』

瘴気に包まれた状態ではわからなかったけれど、それが解消された今はしっかり聖獣の気配がわかるようだ。

（さすがね……）

アイリスは感心しつつも、すでにルイが知っていたことに安堵する。

『それに、アイリスも助けてくれたんだろう？　生まれた聖獣から、オレの加護の気配がする』

「――！　そう、加護！　私、ラースに聞くまでまったく知らなくて……驚いたんだから」

ルイが元聖獣だということも、アイリスは知らなかった。

ただ、ルイが聖獣だったこととか、加護を王の伴侶ひとりにだけ与えることができるとか……それが言えないことだというのも理解できるのだ。

（とはいえ、事が大きすぎるのよ……！）

ため息のひとつも吐きたくなってしまう。アイリスがそんなことを考えていると、ルイが『いいじゃないか』と笑う。

『上手くいったのだから、構わないだろう』

「……そうね。でも、今後はちゃんと話してもらいたいわね」

くすくすふたりで笑っていると、「アイリス！」と自分を呼ぶ声が聞こえてきた。ラースとルーベンの声だ。

声が聞こえるとすぐ、ルイは寝床で丸まってしまった。

ラースとルーベンはすぐにやってきた。ラースの横にはハクアもいて、その首にはマントを模した短い布の装飾品が付いている。

「あら、格好いいわね。ハクア」

『えへへ～！』

ハクアは褒められたのが嬉しくて、にんまり笑う。

（って、ルーベン先生がいる前で話したら駄目ね）

今のはアイリスが一方的に話しかけていても不自然ではなかったが、今後は気をつけなければいけない。

「いやあ、聖獣というものは本当に素晴らしい。これも、アイリスの協力あってのことだと聞きました。さすがです！」

ルーベンはそう言うと、がしっとアイリスの手を握りしめた。聖獣という奇跡がこの場にいる感動を分かち合いたいのだろう。

「俺が聖なる森に入れたのもアイリスのおかげだし、本当に感謝してもしきれないよ。ありがと——」

しかしルーベンが礼を言い終わる前に、その手が叩かれた。もちろんそれをやったのはラースだ。不機嫌な表情をまったく隠していない。

「あまりアイリスに馴れ馴れしくしないでください」

「ラース！」

突然の行動にアイリスがラースを叱ろうとするが、ルーベンが「俺は大丈夫だから！」と間に入ってくる。

「でも、ルーベン先生にご迷惑をかけるのは……」

「俺が馴れ馴れしくしてしまったのは事実だからね。軽率に手を握ってしまってすまない。夜中、アイリスがひとりのときに研究所に行ったりしたのもよくなかった」

「いえ……」

ルーベンが気さくな人だということや、本当に研究熱心だということはアイリスも知っている。だから気にはしていなかったのだが――。

（確かに、ラースからしたらよくはないわよね）

仮にも王太子だ。

そのラースを軽視しているようにも見えるし、はたから見たらいい関係ではないだろう。

「それで、ルーベンはアイリスを狙っているんですか？」

「ちょ、ラース！」

何てことを言うのだ！とアイリスは慌てたが、それよりさらに慌てたのはルーベンだ。

「まさか！　俺には愛する可愛い奥さんがいるよ！」

「「――!?」」

だからアイリスにアプローチするつもりはないし、していたと思われていたのなら心外だというルーベンの言葉に、ラースは目を見開いて驚いた。

ルーベンは魔物のことを愛するがゆえ、それに関係するとどうにも見境のなくなるところがある。そのため、ルイたちに好かれているアイリスにぐいぐい行ってしまい、勘違いされたのだろう。

「だからといって、誤解を与えるような言動はよくないですね」

「ラース！　もういいでしょう？」

誤解は解けたのだからと、アイリスは苦笑する。

しかしルーベンは、「いやいや」と首を振る。

「俺も奥さんを愛しているから、ラースの気持ちはよくわかる。とても不快にさせてしまって申し訳ない」

そう言って頭を下げて、ルーベンは謝罪をした。


「まったく、ラースったら！」

「すみません……」

魔獣舎からラースの執務室に移動して、アイリスは「恥ずかしかったんだからね」と顔を赤くする。

今はアイリスとラースのふたりだけで、ルーベンは自分の部屋へ戻っている。というのも、すぐにでも聖なる森に関する本を書き上げたいからだそうだ。

ちなみにハクアはルイのところで過ごしたいということで、今は魔獣舎にいる。ハクアは黒いルイの姿を『格好いい！』と言って、懐いている。

「でも、悪いことにならなくてよかったわね。もしハクアが瘴気に呑まれていたらと思うとゾッとするもの」

アイリスは自分の体を抱きしめながら、あのときのことを思い出す。

「ラース、ハクアとこれから一緒に過ごすんでしょう？　どういう扱いにするかは決まっているの？」

「ハクアは正式に聖獣だと発表されます。王城内では自由にしていいことになりますけど、基本的に俺と一緒にいることが多いと思います」

ラースの説明に、アイリスはなるほどと頷く。

「それなら、ラースに会う楽しみがひとつ増えるわね」

「本当ですか⁉　それなら片時も離さずに連れていきます‼」

「そこまでしなくていいわよ！　ハクアだって、自由に過ごしたいときがあるでしょうし」

（それに、ハクアがいなくてもちゃんと会いに行くわよ）

――とは、恥ずかしくて口には出せないけれど。

「さてと……私も今回の報告書を書かないといけないから、そろそろ戻るわね。お茶、ごちそうさま」

「もうですか……？」

まるで捨てられた子犬のような目で、ラースがこちらを見てくる。が、もうそれに騙される
アイリスではない。

「駄目よ。ラースも連日働きっぱなしで、疲れが溜まってるはずよ。……体も石みたいだった
し。ちゃんと休んでちょうだい。それまで会ってあげないんだから」

「じゃあ、休んだら会いに行ってもいいですか？」

今すぐ寝ますとでもいうような勢いのラースに、アイリスはくすりと笑う。そして「いいわ
よ」と頷く。

「きっと明日、私に会いたくてたまらなくなると思うわ。だから今のうちにしっかり休んでお
いてちょうだい」

「明日、ですか？」

意味深なアイリスの言葉に、ラースは首を傾げる。

とはいえ、アイリスには四六時中会いたいので、明日も何も離れた瞬間からラースはアイリ
スに会いたくて仕方がないのだけれど……。

「わかりました」

ラースはそう言いつつ、帰るアイリスを見送ってくれた。

# 恋の行方

ダダダダダダダダダッと、ものすごい勢いで廊下を走る音が聞こえてきた。

研究所に出勤しているアイリスは、やっぱりか……と思う。

そして同時に、出勤せずに部屋にいた方がよかったのではないか……とも思ってしまったが——それはもう遅い。

バァン！と、勢いよく研究所の扉が開かれた。


「アイリス！　俺との婚約を了承するって……っ、本当ですか⁉」


研究所内だけではなく、王城の端まで聞こえるのではないかという声で、ラースが叫んだ。

（会いに来るだろうとは思っていたけど、まさかここまですごいテンションで来るとは思わなかったわ……）

しかし歓喜に震えて、うるんだ瞳のラースを見たらそんなことは言えない。全身で、嬉しいと言ってくれているのがわかる。

同時に、研究所内がざわついたこともわかった。

「そうよ。昨日、お父様に手紙を書いたの。婚約を受けるって」

「アイリス……！」

侯爵の父に手紙を出したらすぐ婚約の手続きを進めるだろうとは思っていたけれど、まさか朝一でやってしまうとは……。

（家の利益しか考えていない父らしいけれどね）

婚約に関する話し合いが行われるとか、そういった家族のやり取りは一切なかった。しかし、それが悪役令嬢アイリスと家族との距離感なのだから仕方がない。

アイリスがそんなことを考えていると、ラースがゆっくり近づいてきた。

「本当に、本当に俺でいいんですか……？」

「アプローチしてきたのは、ラースじゃない。どうしてそんな泣きそうな顔してるのよ」

アイリスは手を伸ばして、両手でラースの頬に触れる。すると、その手にラースの手が重ねられた。

「どうしようもないくらい幸せです。俺は世界で一番幸せですね」

「もう……」

大袈裟《おおげさ》に言うけれど、しかし悪役令嬢として家族に愛されず育ってきたアイリスとしては、そんなラースに救われた気がした。

（愛に飢えていた私には、ラースのいきすぎたくらいの愛情の方がいいのかもしれないわね）

と、そんなことも思ってしまう。

「俺の婚約者が、アイリス」

言葉を噛みしめるように言って、ラースはアイリスの手に頬をすり寄せる。その仕草は何だか可愛く見えるので、やはりそういうことなのだろうとアイリスは思う。

（私はとっくに、ラースのことが好きだったのよね）


素直にそう思うと、すとんと心が落ち着いた。

「これからよろしくね、ラース」

「はい……っ、よろしくお願いします」

ラースはぎゅっとアイリスの手を握りしめて、これでもかというほど頭を下げる。間違っても、王太子がすることではない。

アイリスが慌ててラースの顔を上げさせようとしたが、それよりも先に、研究所がわっと沸いた。

「「「おめでとう、アイリス！　ラース！」」」

「うわあああぁぁん、アイリス先輩、ラース、本当におめでとうございますううううう」

どうやら研究員は全員、じっと固唾を呑んで結末を見守ってくれていたようだ。

口々に「おめでとう」と言い、リッキーなんて涙を流しながら喜んでくれている。おめでとうだけではなく、「よかった」「嬉しい」と叫ぶ。

今のやり取りを全部見られてしまって恥ずかしい――いつもならそう思うアイリスだけれど、今日だけは恥ずかしさよりも嬉しさの方が上回ったのだった。

＊＊＊

それからの日々はとてつもなく目まぐるしいものだった。

国中に王太子ラディアスの婚約話が駆け巡り、いつ結婚するのかと話題に上った。ラースは今すぐに！と言いたそうだけれど、さすがにそういうわけにはいかない。

近隣諸国へも結婚式の招待状を送る必要があるため、半年後となった。

アイリスは仕事終わりに魔獣舎へやってきて、ふうと大きく息をつく。

「ルイ、アーサー、ネネ、私とラースの結婚式が半年後に決まったわ」

本来、王族の結婚というものは、どんなに早くても一年は準備期間が必要だとされている。

ただそれは最低限なだけで、本来なら二年から三年ほどは時間がほしい。

（だというのに、半年後に結婚式!?）

いくら何でも早すぎて、アイリスがルイにグチグチしてしまうのも仕方がないだろう。しかしアイリスとは反対に、ルイは『いいじゃないか！』と言う。

『番《つがい》になるなら、早い方がいい』

「気楽に言ってくれるんだから……。でも、ルイに加護をもらってる私は早めに王族になれるならそれがいいのよね」

自分が聖なる森に入れるとか、ルイの加護を得ているとか、ラースと一緒にハクアの主人になってしまったとか、一侯爵令嬢の身分では重いものがたくさんのしかかっているのだ。

（それに、ラースの隣に立ちたいと思ったのも事実）

何だかんだいろいろと抱えてしまうラースの力になりたい。アイリスは今回の聖なる森の件で、強くそう思うようになったのだ。

（私が王族になれば、ラースにしてあげられることも増える）

同時に、知識も増えることになるだろう。

聖なる森の件や聖獣のこと、ラースを支えるために知っておきたいことは山のようにあるのだ。

（……って、私ってばラースのことばっかりね）

思わず顔が熱くなって、手で仰ぐ。

「今日も結婚式の準備があるんだったわ。ルイ、また今度来るから――って、あら？」

アイリスが魔獣舎を出ようとすると、『アイリス～！』と嬉しそうに自分を呼ぶハクアの声が聞こえてきた。隣にはラースもいる。

「ふたりとも来たのね。ラースは仕事お疲れ様」

「アイリスもお疲れ様です。ハクアがルイに会いたいというのと、俺もアイリスに会いたかったので、来ちゃいました」

『きちゃった～！』

はにかんで笑うラースとルイに、アイリスは「仕方ないわね」と苦笑する。

「でも、私はそろそろ戻ろうと思っていたのよ。……結婚式の準備がありすぎて、まったく終わりが見えないの」

「そ、それは……」

アイリスがそう言うと、ラースはうっと言葉を詰まらせる。かなりの急ピッチで進めているという自覚はちゃんとあるようだ。

「でも、そもそもの問題があると思うの」

「問題ですか？」

ラースがきょとんとして首を傾げるので、アイリスは「大事なことよ」とラースを見る。

「衣食住の、住よ！」

アイリスとラースの結婚はいいとしても、部屋を整える必要があるのだ。本来、結婚するまでに夫婦で住む離宮を建てなければいけないのだが……その準備が進んでいない。

これでは、結婚してもアイリスの部屋がないということになってしまう。

「さすがに、ラースと一緒の部屋とか、来賓扱いとか、そういうのは嫌だもの」

「俺たちが住む離宮はもう完成しているので、大丈夫ですよ」

「え？」

ラースに返された言葉に、アイリスは目が点になる。

「いやいやいや、何言ってるの？　離宮よ？　買ってきました！とか、そういうレベルのものじゃないのよ？」

物理的に建設という作業が必要になり、それには何か月、下手をしたら何年もかかるのだ。

それなのに、もう完成しているとは何事か。

アイリスが訝しんでラースを見ると、「すぐそこですよ」と言って魔獣舎の外に出た。そして指差したのは、しばらく前に工事をしていて、今は完成している離宮だ。

「え……？」

離宮を見て、アイリスはもう一度「え？」と呟く。

アイリスの記憶が確かなら、あの離宮の工事をしていたのは、ラースが王太子になる前だ。

何なら、アイリスはまだクリストファーの婚約者だった。

「アイリスと暮らせたら幸せだな……と思って、念のため建てておいたんです」

ラースは指をもじもじさせながら、えへへと笑う。

（念のための規模がおかしいわ……）

まさかそんな前から結婚準備の一環が始まっているとはまったくもって思わなかった。

「確かに、あんな魔獣舎の近くの離宮を使いたい人はそうそういないと思ってたけど……」

「俺とアイリスなら、ルイたちにすぐ会える魔獣舎の近くは好立地じゃないですか。今はハクアもいますし、王城の敷地内の奥まったところの方が住みやすいですよ！」

「……そうね」

離宮がすでに用意されているのならば、アイリスが知らないだけでいろいろなものが用意されていそうだなとも思う。

（招待客がいなければ、明日にでも結婚できそうな勢いだわ）

アイリスがぼうっと離宮を眺めていると、ハクアが飛びついてきた。

『僕もあそこで一緒に寝る！』

「あら、可愛い。ハクアも一緒に寝ましょうね」

アイリスがニコニコしながら返事をすると、すぐさまラースが「それは駄目です」と割り込んでくる。

『ええっ、何で⁉』

「夫婦の寝室ですよ⁉　寝るときは、俺とアイリスのふたりだけです。いくらハクアといえど認めるわけにはいきません」

これは絶対に譲らないと、ラースがキッパリ宣言する。

「ハクアは、魔獣舎が近いんですからルイと一緒に寝てもいいですよ。……ああ、ハクアを聖獣と公表するんですから、ハクアがよく足を運ぶ魔獣舎も改築しておく必要がありますね」

この機会に豪華にしてしまいましょうとラースが悪い笑みを浮かべている。

（何というか、ラースが即位したら大変なことになりそうね）

とアイリスは思う。

しかし魔物や瘴気の研究は今よりずっと進むだろうし、王国がよくなることも予想できる。そんなラースの隣にいられることが、何だか誇らしい。

しかしそんなアイリスの感動は、ラースの次の一言で崩れる。

「せっかくなので、アイリス部屋も造ってあるんです。今まで撮ったアイリスの写真を飾って、アイリスが提出した論文の写しとかも蔵書として――」

「すぐ処分してちょうだい」

もうしないとばかり思っていたのに、懲りずにアイリス部屋なるものを造っていたなんて！と、アイリスは怒る。

しかしラースとて、そう簡単に引くことはできない。

「俺の大好きなアイリスで溢れた部屋なんです。何があっても、あの部屋に行けば俺は復活できるんです……！」

だからどうか取り上げないでくださいとラースが懇願してくる。

が、アイリスはその部屋を造るのを許すつもりはない。というか、そもそもの話として――。

「私と一緒に暮らすんだから、そんな部屋はいらないでしょう？」

「――！」

「別に、写真を一枚も飾るなとは言わないわよ。ふたりで撮った写真を寝室に飾るとか、そういった夫婦みたいなことは……その、いいと思うし」

要は写真ではなく本物を見ろと言いたいのだ。

「それとも、私じゃ不十分？」

「そんなことありません‼」

アイリスの問いかけに、ラースが食い気味に返事をしてくる。

「俺がほしいのはアイリスだけです。アイリスがいてくれるなら、ほかには何もいらないです」

いつもの愛の告白だけれど、何度言われてもアイリスの頬は赤くなってしまう。照れるのを隠すように、顔を向けつつ「ならいいのよ」と返事をする。

「写真は一緒に選びましょう。結婚式だって、写真を撮るんでしょう？」

「もちろんです‼」

これは絶対に欠かせないのだと、ラースは気合を入れて返事をする。

「実は結婚式のためにカメラを量産しているんです。これで世界一美しくて可愛いアイリスを記録として残すことができます。俺、今から本当に楽しみで……」

いったい何台の魔導具カメラを作っているのかはわからないけれど、当日はそれなりの覚悟が必要だと思うアイリスなのであった――。

## 閑話　王宮魔獣研究所でお祝いパーティー

「「「ご結婚おめでとうございます‼」」」

パァン！と祝いの魔導具が音を立てて、紙吹雪が研究所に入ってきたアイリスとラースの周りを舞う。

今日は研究所のみんながアイリスとラースの婚約もとい結婚を祝ってくれているのだ。

アイリスとラースは顔を見合わせて、ぱちくりと目を瞬かせる。

お祝いをするから来てくれと呼ばれてはいたが、まさかこのタイミングで仕掛けられるとは思ってもみなかった。

サプライズに、アイリスとラースはぷっと噴き出す。

「ありがとう、みんな。嬉しいわ」

「ありがとうございます」

微笑んで礼を述べれば、改めて「おめでとう！」「今日は騒ごう！」「お似合いのふたり！」など様々な声が飛んでくる。

そしてそんな言葉の中を通り抜けてアイリスたちの前にやってきたのは、巨大な薔薇の花束を持ったリッキーだ。その隣にはグレゴリーもいる。

「アイリス先輩、ラース！　本当に本当におめでとうございます‼　私、ふたりがくっついてくれたの、とっても嬉しいです。ふたりとも、私の憧れだったから」

リッキーが目に涙を浮かべながら告げると、見守っていてくれた人たち全員が頷いた。

「今日はお花を渡す係ができて、すごく嬉しいです。幸せになってくださいね！　絶対ですよ！」

「ありがとう、リッキー」

「ありがとう。俺はもうすごく幸せだから、それを少しでもアイリスに返せるように頑張るよ」

ラースが至極真面目に言うので、アイリスは「まったく」と笑う。

「私も幸せだから、そんなに気張らなくて大丈夫よ」

「えっ、アイリスも幸せでいてくれたんですか？　ああもう、不意打ちでそんなこと言わないでください。心臓に悪いです……」

そう言うと、ラースはアイリスの肩口に顔をうずめるように項垂《うなだ》れる。

アイリスは普段はあまり感情を表に出さないので、こうも素直に言われるとラースの心臓が持たないのだ。

このままふたりの空間になっては大変だと察したグレゴリーが、パンパンと手を叩いてみんなに声をかける。

「さあ、たっぷりご馳走を用意してあるんじゃ！　冷めないうちに食べよう！」

「そうですね、たらふく食べましょう！　ほらほら、主役のふたりのためにケーキも用意してあるんですよ」

アイリスはリッキーに背中を押され、料理が並ぶテーブルの前へやってくる。

ローストビーフに、チキンの丸焼き、色とりどりのフルーツに、大きなケーキ。豪快な料理が多いのは、研究所ならではかもしれない。

「どれも美味しそうね。リッキーのお勧めはどれなの？」

「ん～～～、ケーキもいいですけど、ローストビーフも美味しいんですよ。悩ましいですが、つまるところ全部どうぞ‼」

「さすがに全部は多いわよ」

アイリスはくすくす笑いながら、リッキーにお勧めしてもらったローストビーフを取り分ける。もちろん、ラースの分もだ。

「これは美味しそうですね」

「ええ。普段は研究ばっかりだから、こうやって交流するのも楽しいわね」

軽く食事を口にしてから、みんなにお礼を言いがてら話をすることにした。

「所長、今日はありがとうございます」

アイリスとラースが最初に向かったのは、グレゴリーのところだ。

この職場で働き出してから、アイリスはグレゴリーにものすごくお世話になった。侯爵令嬢であるアイリスを受け入れてくれたことも大きい。

ラースにいたっては、王太子になる前から水面下で味方をしてくれていた人だ。

本人たちは茶飲み友達だなんて言っていたけれど、ラディアスがラースとして活動するため、いろいろと世話を焼いてくれたようだ。

「儂こそ、ふたりの門出を祝うことができて嬉しいよ。アイリスが真面目に働いていたことは知っておったからの、本当によかった」

「所長……」

グレゴリーはクリストファーの婚約者時代のアイリスを知っているので、あのまま不幸な婚姻を結ばなくてよかったと心の底から思ってくれている。

「ラース、アイリスを幸せにしてやってくれ。ラースはもう幸せじゃろうからな」

「もちろんです」

まったくその通りなグレゴリーの言葉に、アイリスは苦笑するしかなかった。


「リッキー！」

「アイリス先輩～～！」

アイリスがリッキーのところに行くと、ぎゅううっと抱きついてきた。目にはいっぱい涙を溜めていて、心の底から喜んでくれていることがわかる。

「もうもうもう！　私、いったいいつふたりがくっつくのかと……待ちわびて干からびちゃうところだったんですよ‼」

泣いていたかと思ったら、リッキーはぷんすかと怒り出した。

「職場でナチュラルにいちゃついていて、私はいつも心の中でご馳走様と言っていたんですからね！」

リッキーの発言に、アイリスが「えっ」と激しく動揺する。

「待って、リッキー！　職場でそんなことをしたことはないわ‼」

「無自覚……」

「いや、だから……え？　そんなことないわよね？　ラース？」

「…………」

ずばり無自覚と言われてしまい、アイリスは焦ってラースを見る。しかしラースはアイリスと違い下心満載で近づいていたので、リッキーの言葉を何ひとつ否定できない。

むしろ、その通りですと言い切るしかないほどだ。

「俺はほら、ずっとアイリスが好きでしたから」

「……っ！　で、でも、職場なのに……」

もしかしたらリッキー以外の人にも同じように思われていたかもしれないと、アイリスの顔がどんどん赤くなっていく。あっという間に茹蛸《ゆでだこ》のようになるのだった。

顔の熱を冷ましてから向かったのは、ルーベンのところだ。

「ルーベン先生」

「ああ、アイリス、ラース！　婚約おめでとう。こうしてお祝いできるのが、とても嬉しいよ」

ルーベンは聖獣に関する調査もしたいということで、滞在期間を大幅に伸ばしている。同時に、聖なる森でのことも書籍として販売することが決まっているのだ。

「ありがとうございます。ルーベン先生にはとてもお世話になりましたから」

「いやいや、俺の方こそ。ふたりがいなければ、聖獣に会うこともできなかったからね。本ができたら、一番に持っていくよ」

「本当ですか⁉　嬉しいです‼」

そう言ってウィンクするルーベンに、アイリスはわっと笑顔を見せる。が、ラースはムッとしたような表情になった。

（ルーベン先生には奥さんがいるって知ってるのに）

どこか子供っぽいような嫉妬を見せるラースだが、アイリスも最近はそれが可愛いと思ってしまう。

（……私、結構重症かもしれないわね）

ラースを見たルーベンは特に気にする様子もなく、周囲を確認してから、小声になった。

「あー……聞いていいかわからなかったんだが、シュゼット様はどうなったんだ？　随分憔悴していたようだから」

「あ……。ラースに任せてしまったので、私は何も……」

アイリスが気まずそうにラースを見ると、にこりと笑顔が返ってきた。

「問題なく処理しておきましたよ。今は神殿に入ってもらっていて、何かあればそちらで対応してもらっています」

「そうだったの」

しばらくは王城にいたようだが、体調などの回復を待って移動したのだとラースが教えてくれた。

シュゼットは何度も「私が幸せになるはずだったのに！」と叫んでいたらしいが、頼みの綱の攻略対象者たちとは疎遠になってしまったらしい。

今は神殿で暮らし、大規模な瘴気が発生した場合は派遣されて対応する、というのが主な仕事内容になっているのだという。

（同じ元日本人同士、仲良くできたらよかったのかもしれないけど……）

さすがにアレでは、アイリスも仲良くはできなかった。

話を聞き終えたルーベンは「そうでしたか」と頷いた。

「なんだかんだ、彼女にはお世話になってしまいましたからね。今、元気でやってくれているようならよかったですよ。すみません、祝いの席だというのにこんな話題を」

「いいえ。私も知れてよかったです」

申し訳なさそうにするルーベンの言葉に、アイリスは「気にしないでください」と微笑んだ。


そんな感じでみんなと話をしていたら、一瞬で時間が経ってしまった。

「では最後に、ふたりから一言ずつもらおうかの」

グレゴリーにそう言われて、アイリスとラースは前に出る。そしてみんなの顔を見回し、アイリスはここで働くことができて本当によかったと思う。

「私は今まで、ここ以外で自分をさらけ出すことはしてこなかったの。家族とも仲がよくないし、上手くいかないことも多くて。……でも、そんな私の負の連鎖を断ち切ってくれたのがラースだと思うの。これからもふたりでお世話になると思うから、よろしくお願いします」

アイリスが話し終えると、わっ！とみんなが拍手をしてくれた。

（人前で話すことなんてほとんどないから、何だか恥ずかしいわね）

アイリスは照れつつも、ラースに場所を譲る。

「じゃあ、俺からも少しだけ。王太子になった後も、変わらず接してくれてありがとうございます。この職場で過ごす日々が、大好きでした。今後は予算も増やしていくので一層大変になるかもしれませんが、どうぞよろしくお願いします」

そうラースが締めくくると、全員がフリーズした。

「……え？　予算が増える？」

「もしや頓挫していたあの研究を再開できる？」

「え、ほしい魔導具があるんだけど……」

ざわざわしてきたのも仕方ないだろう。元々王宮魔獣研究所の予算は少なく、しかも年々減ってきていたのだ。

それが、ここにきての予算増。


「「「ラディアス殿下万歳～～～～!!」」」


研究大好きマンたちがはしゃがないわけがないのだ。気づけばみんな欲望に目をぎらつかせて、万歳をしている。

アイリスはその様子を見て、ラースに話しかける。

「かなり予算を上げないと大変そうね」

「そうですね。……でも、ここは俺たちの大切な場所ですし――魔獣や瘴気の研究は本当に必要なことですから、頑張って進めていきます」

「……そうね。私もできるかぎり協力するわ」

「アイリスがいたら百人力ですね」

大袈裟に言うラースに笑いつつ、研究所が発展していけば、ルイやハクアのように自分の身を犠牲にしたり、瘴気のせいで聖獣が生まれなくなったりすることもなくなるだろう。

アイリスは王太子妃になるが、まだまだ研究を続けようと心に誓った。

# エピローグ

街にある一番大きな大聖堂で、アイリスとラースの結婚式は執り行われた。

招待された他国の王侯貴族、国内の王侯貴族を始め、それはそれは多くの人がお祝いに駆けつけてくれた。街の人たちもお祭り気分で、屋台を出したり、踊ったり、一目姿を見ようと大聖堂へ詰めかけた。


「健やかに過ごすときも、女神リリーディアの試練を越えるときも、ふたり共にあることを誓いますか？」

「誓います」


新婦の言葉に頷くと、「では、誓いの口づけを」と言葉が続けられた。

（ラースとのキ、キス……）

アイリスの心拍がドッドッドッと加速する。

参列客はゆうに数百人を超えていて、こんなに大勢の前でキスをしなければいけない事実に、どうしようもなく緊張していた。

「アイリス」

「――！　ラース」

純白のドレスを身に纏ったアイリスの、そのヴェールに……ラースの手がかかる。そしてゆっくり持ち上げられて、顔があらわになった。

「ああ、綺麗です。女神リリーディアより、ずっとずっと。アイリスが俺の女神です」

「ラースったら、もう」

アイリスが思わず照れ隠しで俯こうとすると、ラースの手が頬に添えられた。そして真剣なラースの瞳と視線が絡む。

「あ……」

トクンと、心臓が大きく脈打った。

聖なる森で何度も頬に口づけられ、涙を舐め取られたことを思い出してしまい体が強張る。あのときのドキドキが、無意識のうちに思い起こされていく。

（キス……してほしい）

自然とそんな風に思ってしまった。

（って、私ったら何を考えて……！）

これじゃあ、ラースのことばかりを変態とは言えないではないか。もしや自分も変態の気があったのかもしれないと、心がざわめく。

しかし「アイリス」と名前を呼んで近づいてくるラースを見たら、そんなことを考えている余裕はなくなってしまう。

普段は黒の衣服が多いラースだが、今日は純白の衣装に身を包んでいる。長い肩マントにはブルーを基調にした装飾品が使われており、アイリスと揃いのデザインだ。

そんなラースが格好よくて、ドキドキしてしまって——顔が赤くなる。

(……好き)

思うほど、アイリスの中で気持ちが溢れてくる。

「ラース、好きよ」

「俺も好きです。アイリスだけがほしい」

どちらからともなくそっと寄り添って、唇が重なった。

触れるだけの優しいキスからは、ラースの温かさが伝わってくる。

(もっとしたい、なんて)

アイリスはそんな風に思ってしまった。

しかしそれはアイリスだけではなくて、ラースも同じで——いや、同じというよりは、ただ単にマテができなかっただけだろうか。

「アイリス——」

名前を呼ばれて、離れていったはずのラースの唇が戻ってきて、もう一度キスをされた。

「――――!」

まったく予期していなかったラースの行動に、アイリスは目を見開く。

誓いのキスは、触れるだけのものを一度すればいいのだ。その説明はふたりで聞いているので、ラースが知らないはずがない。

(ど、どうすれば……)

アイリスが焦るも、ラースはそれどころかちゅ、ちゅっと何度もキスを繰り返してくる。初めて食べた美味しい果実に夢中になる鳥のようだ。

「ん……っ」

「アイリス、ん」

「……っ、これ以上は駄目、よ! マテ!」

どこかとろけたような熱い瞳を向けてきたラースに、アイリスは咄嗟にマテをする。ラースに好き勝手させてしまったら、きっと何時間でもキスを続けていただろう。

「……はい」

ラースはアイリスのマテが効いたようで、しょんぼりしつつも素直に頷いてくれた。

「でも、マテをした分は後でさせてもらいますからね」

「……っ！　ハ、ハクア！　退場するわよ！」

今のラースの言葉は聞かなかったことにして、アイリスは待機してくれているハクアを呼ぶ。聖獣のお披露目も兼ねて、一緒に退場することになっていたのだ。

『は～い！』

ハクアは元気よく飛び出てくると、アイリスとラースの真ん中に収まる。このようにすることで、聖獣は王太子とその妃の両方の味方であると示しているのだ。


そしてもう一頭の聖獣ルイはといえば、ラースからハクアと一緒に聖獣として発表したらいいのでは？という話もあったのだが、それはルイに断られてしまった。

自分は表舞台に出るのではなく、裏から支えるのがいいのだと。普段はのんびりしていて、気まぐれに人を助けるくらいがちょうどいいと言っていた。

とはいえ、これはルイなりに、ラースと契約した聖獣として公表されるハクアのことを立ててくれたのかもしれないとアイリスは思っている。


アイリス、ラース、ハクアが大聖堂を出ると空から花が舞う。

そしてドッと沸き上がる民衆の声に、アイリスは圧倒されそうになる。が、すぐラースの手が背に添えられて、肩の力を抜くことができた。

「ありがとう、ラース」

「どういたしまして」

アイリスが微笑むと、ラースがおちゃめに笑って見せた。

これからこの人たちのことを背負っていかなければいけないことに不安を覚えてしまったけれど、ラースが一緒だから大丈夫だろうとも思えた。

耳を澄ますと、自分たちを祝福する声とは別に、ハクアに対する声も聞こえてくる。それに、アイリスの頬が緩んでいく。


「すごい、あれが聖獣か……！　なんと神秘的なんだ」

「お伽噺だとばかり思っていたのに、本当に存在していたとは」

「聖獣様が見守ってくれているのだから、わが国は安泰だ！」

「アイリス様のドレス、とっても綺麗！」

「ラディアス殿下！　アイリス様！　ハクア様！　万歳‼」


「……こんなに祝福してもらえるなんて、思ってもみなかったわ」

アイリスがぽつりとつぶやくと、ラースが「そうですか？」と首を傾げる。

「アイリスはこの地上の天使ですから、もっと祝福されてもいいと思いますよ。あっ、でも今日からは結婚しましたし……俺だけの天使に……いや、さすがにそれは欲張りすぎでしょうか。こんなに綺麗で美しくて可愛いアイリスが、俺のお嫁さん……？」

変なスイッチでも入ったのか、ラースの顔がぶわっと赤くなった。

「もう、馬鹿なことばっかり言ってないの。私は天使じゃないわ。ひとりの人間で——今日からラースの妻よ。それだけで、十分幸せなんだから」

「アイリス……‼」

とびきりの笑顔を見せてくれるラースにつられて、アイリスも笑顔になる。

（悪役令嬢だった私に、まさかこんなハッピーエンドがあるなんて思ってもみなかった）

最初は、追放されたあとは、祝福はそんなにされないだろうが、人並みくらいの結婚は……なんて考えていたくらいだったのに。

気づけば国を挙げての大祝福だ。

（もうゲームは終わってしまったけど、私が大好きなこの世界を——ラースと一緒によりよくしていこう）

アイリスはそっとラースの手を取り、「ほら」と声をかける。

「退場が終わるまで気を抜いたら駄目よ」

「はい！」

ふたりで手を繋ぐと、ハクアが『あ〜！　ずるい！』と手をバタバタさせた。どうやら自分も手を繋ぎたいみたいだ。

「でも、ハクアは二足歩行じゃないし……」

手を繋ぐのは難しそうだ。

アイリスがどうするべきか悩んでいると、ラースがハクアを抱き上げた。

『わ！　ラースが抱っこしてくれるの？』

「いえ、アイリスにお願いします」

「え？　私？」

ラースにハクアを渡されたので抱きしめると、ハクアを抱いたアイリスをラースが横抱きにした。

「――!?　ちょ、ラース!?」

「これなら三人で手を繋いでいるのと変わらないですよ」

「そ、そうかしら!?」

しかしとても恥ずかしいのでは！とアイリスは焦る。

『わ～、抱っこ嬉しい！』

「ほら、ハクアもこう言ってますよ」

「……ハクアに言われたら仕方がないわね」

アイリスは観念したように見せかけて、ハクアのもふもふを堪能する。ふわふわで、抱きしめ心地が最高なのだ。

『アイリス〜！』

「ハクア〜！」

「……なんだか妬けるんですけど？」

ラースの声が一オクターブ低くなったのを聞いて、アイリスとハクアは声を出して笑う。

今日という佳き日に、アイリスはとびきりの笑顔でラースの横に立つことができた。

# 番外編　ふたりきりの寝室で

無事に結婚式が終わり、次に待っているものとは――初夜である。

アイリスは侍女にお風呂で徹底的に磨き上げられ、露出が多く、しかし嫌らしくない水色のナイトドレスを着せられ、夫婦の寝室へ案内された。

（……っ、どうしよう、緊張する……）

今までの比ではないくらい、アイリスの鼓動は速い。

「えーっと……どうしたらいいのかしら」

夫婦の寝室にはまだラースが来ていなくて、アイリスひとりだけだ。

広い寝室には、大きな天蓋付きベッドがひとつと、窓際に小さな丸テーブルとふたり掛けのソファがある。ほかには小さなサイドテーブルなどがあるがそれくらいで、物は少ない。

ソファに座るべきなのか、それともベッドに座るべきなのか。

（正解がわからないわ……!!）

こうなると、ラースが先にいてくれたら変に緊張しなくてよかったのに……とすら思ってしまう。いや、それはそれで緊張して大変だっただろう。

つまりどっちにしろ結果は変わらなかったのだ。

「ふー……」

ひとまず深呼吸をして、周囲を見回してみる。

「あ、飲み物があるわ」

冷えた果実水を見つけて、アイリスは一口飲む。喉を通る冷たい水が心地よくて、ほっとする。

（ちょっとだけ落ち着いたかも）

しかしそんなことを思えたのも束の間で。すぐに部屋の扉が開いてラースがやってきた。

「待たせてすみません、アイリス」

「――――！」

部屋にやってきたラースは、黒のバスローブに身を包んでいた。それがどうにも色っぽく見えてしまって、アイリスは慌てて顔を逸らす。

（何なの黒のバスローブって！　似合いすぎよ‼）

あまりの衝撃に顔から火を噴くかと思ってしまった。

「アイリス？　ええと、嫌……でしたか？」

「え？」

どうやらラースは、アイリスが顔を背けたことを拒絶だと勘違いしたようだ。そんなことはまったくないというのに。

「すみません、ちょっと落ち着くために一旦外に出てきま――」

「待って‼」

アイリスは慌てて呼び止めて、ラースの元へ足早に向かう。嫌だなんて微塵も思っていないのに、ラースに勘違いされたら大変だ。

「嫌じゃなくて、きゃっ！」

「アイリス‼」

急いでいたこともあって、アイリスがつまずいて転びそうになるが、すぐにラースが駆け寄ってアイリスを抱きしめる。

アイリスのお風呂上がりのいい匂いと温かい体温に、ラースの体がギクリとした。

「あ、ごめんなさい……。その、誤解されたくなくて」

「誤解ですか？」

「ええ。ラースのことを嫌だなんて思ってないわよ」

ラースの問いに返事をすると、ほっとしたのが抱きしめられたところからわかった。

（というか、この体勢落ち着かな――）

「なら、どうして顔を背けたんですか……？」

さらに落ち着かない質問をされてしまった。

（……これは答えなきゃいけないのかしら）

そんなことを思ってしまったが、さすがに夫婦になって一日目ですれ違うのがよくないのはアイリスにもわかる。

恥ずかしいけれど、恥ずかしがってばかりいるわけにもいかない。

「……見惚れちゃったのよ」

「え？」

「ラースの黒いバスローブ姿が、その……もういいでしょう⁉」

格好よかっただとか、ドキドキしてしまっただとか、恥ずかしくて口には出せなかった。しかしアイリスの顔は耳まで真っ赤なので、それだけでラースにちゃんと伝わっている。

ラースも顔を赤くして、アイリスを見た。

「これを選んでよかったです。アイリスにドキドキしてもらえることがあるなんて、嬉しくて――」

「あっ！」

ふわりとアイリスの体が浮いて、ラースに抱き上げられたということに気づく。向かう先はソファではなくて、ベッドだ。

（やっぱり正解はそっちだったの⁉）

なんて考えてしまうけれど、そんなことを考えていなければ恥ずかしさで爆発してしまいそうだ。もしかしたら、心臓の音が大きすぎてラースに聞こえているかもしれない。

「さっきの続きをしてもいいですか？」

「え？」

ふいの問いかけに、アイリスは目を瞬かせる。

（続き？　って――）

何だろうと考える前に、ベッドに下ろされてラースの顔が近づいてきた。その熱いまなざしは、昼間の結婚式――誓いのキスのときに見たものと同じだ。

（あ、キス……）

そこでアイリスは思い出す。

マテをさせた分は後で――と、ラースが言ったことを。

鳥たちも眠り、何の音もない夫婦の夜の時間。

寝室に響くのはアイリスの息遣いと、何度も繰り返される口づけの音。ちゅ、ちゅ、と……

昼間の分を補うように、何度も何度も。

「ん、ラー、ス……はぁっ」

何度もキスをされたせいで、アイリスの呼吸が乱れてしまう。

「アイリスがあまりにも可愛くて、やめられそうにないんです。どうしてこんなにも、俺を魅了してやまないのでしょう」

ラースの指先が前髪に触れて、おでこがあらわになる。そこにまたひとつキスを落として、それが目尻、頬、耳、鼻と、いろいろなところを辿っていく。

「ん……」

くすぐったいような、心地よいような、そんな感覚にアイリスは目を閉じた。すると、待っていましたとばかりにラースの口づけが唇に落ちてくる。

「……ん」

触れるだけの口づけは、離れて、また触れてを繰り返す。

（このまま永遠にキスを繰り返されそう）

そんな風に思ってしまう。

「はぁっ、アイリス……」

名前を呼ばれて、一瞬唇が離れる。

「ん、ラー……んぅっ」

アイリスも名前を呼ぼうとして、しかし最後まで紡ぐ前に口内にぬるりとしたものが侵入してきて、吐息が漏れる。

「ふあ、ぁ……っ」

　初めての深いキスに呼吸が上手くできなくて、アイリスはラースの肩を叩く。すると一瞬だけ唇が離れたが、また深いキスに戻ってしまう。

「ん、んんっ、ふ」

「ん……っ」

　もはやアイリスはラースにしがみつくことしかできなくて、されるがままだ。

「……っ、アイリス。気持ちよすぎて、俺……おかしくなりそうです」

「はふっ、あ……。お、大袈裟、よ……はぁ」

「大袈裟なんかじゃないです。愛してやまないアイリスのすべてが俺の目の前にあって、どうしたらいいのかわからないですよ」

　あまりにも神聖で、どこまで触れていいのかわからないとラースは言う。

　そのわりにキスは容赦なかったような気もしたが、アイリスは仕方がないなと甘やかすように微笑んでラースを抱きしめた。

「ラースは私のことを天使だとか言うけど、別にそんなんじゃないわよ。私は……ラースのことが好きな、ひとりの女よ」

「ああもう、だからどうして――」

　煽るんですか、というラースの言葉は、噛みつくようなキスで消えた。

＊＊＊

「……ん」

窓から差し込む朝の光で、アイリスは次第に意識が覚醒してくる。もう起きる時間だろうか？　そう思って体を動かそうとするも——動けない。

（あれ……？）

何かにがっちり押さえつけられているような感覚に目を開けると、目の前にラースの寝顔があった。

「……そうだった、結婚したんだった」

うっかり今日も仕事だと考えてしまっていた。

これならもう少し寝ていても大丈夫そうだと、アイリスは体の力を抜く。しかし同時に、お互いに一糸纏わぬ姿で、触れ合ったところから体温を感じてしまう。

（昨夜もそうだったけど、朝も恥ずかしいわね……）

人知れず赤面しつつ、アイリスはラースにぎゅっと抱きついた。すると、ラースが無意識のうちに抱きしめ返してくれた。

「！」

それが何だか嬉しくて、ちょっとむず痒い。

ラースの胸元に顔を寄せると、トクントクンと規則正しい心音が聞こえてくる。

それがどうにも落ち着く音で、アイリスは幸せにまどろみながらもう一度目を閉じて二度寝を堪能することにした。

悪役令嬢だったアイリスは、これからとびきり幸せな人生を送るのだ。

# あとがき

こんにちは、ぷにです。『悪役令嬢と執着王子』、一巻に引き続き二巻もお手に取っていただきありがとうございます。

さて、本作はこれにて完結となります。

ラースの変態っぷりと、だけど嫌いになれないアイリスのふたりの関係、楽しんでいただけていたら嬉しいです。

ラースの変態っぷりはもう少し入れてもよかったのでは？　とか、権力を持ってると地味に自由に出歩けない＆ふたりきりになりづらいから大変では？　などと思いながら書いておりました（笑）。

とはいえ、今回は嫉妬ラースなども書けて楽しかったです。

アイリスは仕事人間ということもあり、恋愛面は苦手だったのですが……ラースがガンガン攻めてくるので、ぜひ慣れてほしいと思いつつも、ずっと不慣れでいてほしいなという願望を持ちつつ書いております。

ぜひリッキーの恋愛質問攻めにあってほしいです。

最後に謝辞を。

イラストを担当してくださった緑川明先生。

あ〜〜（悶絶）、今回もお顔がとっても美しくて、衣装も素敵です！　表紙のラースの表情もお気に入りで、ずっと見ていたいです。ありがとうございました！

二巻から新たに担当いただいたＩ様。

私のギリギリっぷりで最初から迷惑全開だったように思います……。ついてきてくださりありがとうございます……!!

そしてお手に取ってくださった読者様、本書の制作に関わってくださったすべての方に感謝を。ありがとうございました。


またどこかでお会いできますように。

ぷにちゃん

悪役令嬢として婚約破棄されたところ、
執着心強めな第二王子が溺愛してきました。2

2023年10月5日　初版第1刷発行

著　者　ぷにちゃん



発行人　菊地修一

発行所　スターツ出版株式会社

〒104-0031　東京都中央区京橋1-3-1　八重洲口大栄ビル7F
☎出版マーケティンググループ　03-6202-0386
（ご注文等に関するお問い合わせ）

https://starts-pub.jp/

印刷所　大日本印刷株式会社

ISBN　978-4-8137-9272-7　C0093　Printed in Japan



[ぷにちゃん先生へのファンレター宛先]
〒104-0031　東京都中央区京橋1-3-1　八重洲口大栄ビル7F
スターツ出版（株）　書籍編集部気付　ぷにちゃん先生

BF ベリーズファンタジー
大人気シリーズ好評発売中！

## ねこねこ幼女の愛情ごはん
## ～異世界でもふもふ達に料理を作ります！4～

葉月クロル・著　Shabon・イラスト

1～4巻

新人トリマー・エリナは帰宅中、車にひかれてしまう。人生詰んだ…はずが、なぜか狼に保護されていて⁉　どうやらエリナが大好きなもふもふだらけの世界に転移した模様。しかも自分も猫耳幼女になっていたので、周囲の甘やかしが止まらない…！　おいしい料理を作りながら過保護な狼と、もふり・もふられスローライフを満喫します！シリーズ好評発売中！

BF 毎月5日発売

Twitter @berrysfantasy

定価:1430円(本体1300円+税10%)　ISBN 978-4-8137-9225-3